AMOUR ET KABBALE

Du même auteur chez le même éditeur

L'Organiste, roman
Autopsy, nouvelles
Confidences de l'Olivier, roman

chez d'autres éditeurs

La Graphomane, roman, éd. L'Éther Vague / Verdier
L'Escarbilleuse, roman, éd. Le Talus d'approche
Par-dessus les toits, nouvelles, photos V. Carro, éd. La Lettre volée
Les Gathas, le livre sublime de Zarathoustra, traduction avec Koshro Khazai Pardis, éd. Albin Michel, Spiritualités vivantes

Livres illustrés pour enfants
avec Martine Hennuy et illustrés par Lisbeth Renardy

Alice au pays du cancer, éd. Alice
On va où quand on est mort ? éd. Alice

Ce livre a été réalisé avec le soutien du Ministère de la Culture de la Fédération Wallonie-Bruxelles

Retrouvez tous les livres de maelstrÖm reEvolution

à la Boutique-librairie maelstrÖm 4 1 4

Ouvert du mercredi au samedi de 14h à 19h ou sur rendez-vous
364, chaussée de Wavre — 1040 Etterbeek — Belgique
Tel. : +32 (0)2 230 40 07
maelstrom414@maelstromreevolution.org

ISBN : 978-2-87505-344-2

Dépôt légal : 2019/9407/16

Sophie Favennec-Buyse

Amour et Kabbale

Roman

maelstrÖm reEvolution

à Denis Favennec

La nuit, mes yeux s'ouvrent. L'invisible s'éclaire dans le noir. Dans l'obscurité, je peux voir le ciel qui s'illumine quand les vivants s'éteignent dans le sommeil. Seule mon ombre s'est endormie. Elle se dresse au lever du jour quand je vais me coucher. Elle est comme une compagne que je regarde dormir et qui, dans l'abandon de ses rêves, révèle un autre visage.

La couverture du jour masque les astres, elle déploie les rayons du soleil et nous rend aveugles à l'immensité en nous réduisant au terrestre. La lumière nous rétrécit, nous rapetisse en gommant d'un trait la voûte céleste. Elle fige notre trajectoire et nous écrase sous la pesanteur de la terre.

À la tombée de la nuit, je renouvelle l'expérience de sortir de mes orbites, d'étendre ma vision au-delà du champ terrestre. Mes yeux ne suffisent pas, ils me limitent et me contraignent à la proximité. Je demande aux télescopes d'aller plus vite et plus loin que mes yeux. Ils ouvrent les portes des ténèbres et habillent le noir de mille feux.

J'emplis de phrases la ponctuation du ciel. J'écris dans l'espace vide intersidéral. Nul autre ne me parle que le silence de la nuit. Qui peut comprendre mon dialogue avec les étoiles : mes baisers sur leurs langues de feu, mon éblouissement amoureux en découvrant le visage des planètes, toujours changeant, leur regard de braise ou de glace, leur cœur torride ou polaire ? Elles semblent se rapprocher de moi, se blottir dans mes bras et tendre leurs sphères, leurs courbes parfaites au creux de mes mains. Et pourtant, elles me fuient. Je veux caresser leurs galbes mais elles se dérobent à toute étreinte.

Séductrices, elles prennent la pose, se dénudent de leurs anneaux gazeux ou vaporeux et se laissent photographier. Ma capture est visuelle et je me réjouis de voir ce que personne n'observe à l'œil nu. Je me sens dépositaire de leur beauté cachée, fervent adepte des amours à distance, inaccessibles, dont l'objet apparaît et disparaît tour à tour. Ces filles de l'air sont mes « prostituées sacrées », elles se donnent à tous et à personne. Elles déploient leurs charmes la nuit, arpentent le ciel en dessinant de joyeuses ellipses.

Vénus est ma favorite, toute en rondeur et à la peau laiteuse. Elle garde l'éclat de son soleil mort et se comporte parfois en veuve joyeuse. Combien de télescopes n'a-t-elle dressés ? Ses amants astronomes l'épient et l'adorent telle une divinité. N'a-t-on pas baptisé la plus intime partie de la femme « le mont de Vénus » pour nous inviter à le gravir ? Je choisis l'ascension, l'élévation plutôt que la descente.

Quand, enfant, mes professeurs disaient que j'étais « tête en l'air », ils ne savaient pas encore que cette tare déterminerait mon existence. En classe, je quittais le tableau noir au cadre trop étroit et j'ouvrais mes yeux aux espaces infinis. Très tôt, je pris conscience que le ciel ne m'imposait aucune limite. Il s'offrait à perte de vue tant de jour que de nuit. Je m'imprégnais du ciel, me projetais en lui et l'intégrais en moi, abolissant les frontières entre l'extérieur et l'intérieur.

Les jouets, les objets à portée de main ne m'intéressaient pas. Je me tendais vers l'insaisissable et désirais ardemment tout ce qui se déplace dans les airs : les oiseaux, les nuages, les avions, le Soleil, la Lune et les étoiles. Mes parents, voyant que cette passion ne s'atténuait pas, comprirent qu'il était vain de m'offrir des trains électriques et des petites voitures. C'est ainsi que je reçus mes premiers avions téléguidés et, en grandissant, j'échangeai la paire de jumelles contre le télescope qui nous accompagnait pendant l'été quand, loin des villes, le ciel était dégagé.

Aux chiens et aux chats, je préférais ma colombe domestique qui, comme moi, se promenait dans les airs et venait me retrouver le soir dans ma chambre. Je l'avais baptisée Andromède car c'est la première galaxie que j'avais découverte avec ma lunette astronomique. L'image d'Andromède a voyagé 2,55 millions d'années avant d'arriver jusqu'à nous. Quand je la regarde aujourd'hui dans le télescope, elle me restitue le reflet du passé. Cette découverte d'un temps reculé, visible comme s'il m'était donné de voir les premiers hommes sur terre, a profondément ébranlé ma manière de penser. Ainsi ce que nous voyons d'Andromède n'est plus conforme à ce qu'elle est devenue aujourd'hui. Comme si je scrutais une jeune fille avec délectation qui en réalité est déjà une honorable vieille dame.

La notion de temps est aussi variable pour toute espèce vivante. L'éphémère, une frêle libellule, vit 24 heures. Ma colombe a succombé à 8 ans. Le séquoia peut vivre plusieurs milliers d'années. Ma grand-mère a succombé à 96 ans, une valeur infime dans l'échelle de l'univers. Cependant, notre patrimoine génétique porte encore l'empreinte des premiers hommes, de même que l'on retrouve la trace d'un rayonnement fossile du Big Bang dans l'air respiré. Savoir que l'univers garde les signes et traces de son origine, il y a environ quatorze milliards d'années m'amène à considérer mon travail d'astronome comme une archéologie de l'espace. J'étudie les vivants et les morts, les étoiles sont des soleils en hyperactivité mais leur incandescence finit un jour par s'éteindre, se refroidir, pour donner naissance aux planètes. Un soleil mort qui se désagrège en poussière d'étoiles peut devenir une planète. Le ciel est peuplé de momies d'étoiles et notre terre serait une momie qui a donné la vie grâce à sa bonne distance du soleil.

Plus je poursuis un questionnement sur les origines et la finitude de l'univers, plus il me semble me rapprocher de l'enseignement de la Torah. L'histoire juive depuis la sortie d'Égypte est une migration continue. On parle d'exil, de fuite, d'exode, mais on oublie de dire que le chemin parcouru, la force de quitter, de se séparer, empêche l'inertie et ouvre au mouvement, à l'évolution.

Je suis le juif errant hors de l'atmosphère terrestre.

Enfant, je faisais déjà mes premiers pas sur la Lune, quand mon père m'enseignait les premières lettres hébraïques. Il me montrait comment accrocher ces lettres à la ligne qui les surplombe. Et pendant que nous suspendions les mots, tels des vêtements sur un fil à linge, je rêvais de constellations, de figures du zodiaque, en reliant par des traits leurs points lumineux. Mon esprit superposait les cartes du ciel, leurs encres scintillantes, de pleins et de déliés, avec la Torah, ce rouleau de peau où les points de beauté sont devenus textes sacrés, écriture du visible et de l'invisible.

Je pensais que si Dieu était au ciel, il me parlerait en morse, chaque soir, dans le clignotement des étoiles. Ses paroles avaient été traduites en images, elles me désignaient la voûte céleste et j'entendais sa voix lactée : « Voici toutes les consonnes mais je ne te donne aucune voyelle car je veux que tu interprètes à ta guise le livre du ciel. À toi de créer à partir de cette absence, de mon silence et du vide que je t'offre en laissant mon œuvre inachevée. Je n'ai pas l'exclusivité du sens et je m'intéresse surtout à ton chemin de pensée pour arriver jusqu'à moi. »

Aussi étrange que cela paraisse, mes pensées bâtissaient un pont entre la Torah et la ponctuation des astres. Quand Dieu voulait m'écrire, il déployait son livre, ses pages à perte de vue et quand il me demandait d'écouter sa musique ou son chant, il me tendait d'immenses partitions.

Il m'arrive de lire ou de chanter la Torah à la synagogue avec la même ferveur qu'en déchiffrant les rébus nocturnes de Dieu dans les étoiles. Je m'émerveille de toutes ses ruses et subterfuges. Ses cache-cache pour me captiver, la dissimulation des voyelles, ses invitations à le suivre dans l'espace sidérant des questions. Il me pousse à sortir de moi, il me met hors de la glèbe, littéralement enraciné, il me pousse à quitter la terre, m'élever vers le soleil, me tourner vers sa lumière.

Quand le grand rabbin parle d'invisible, d'illisible ou d'innommable, suis-je sacrilège, moi qui ne cesse de recevoir des signes visibles, audibles et lisibles de Son énergie créatrice ? C'est en créant un univers en expansion, insaisissable, en perpétuelle transformation, qu'il s'est rendu inaccessible, toujours caché pour que l'on continue à le chercher.

On ne désire vraiment que ce qui est caché. Il dira à Abraham : « Je suis El Chaddaï » en se comparant aux seins des femmes, d'autant plus attirants qu'ils sont voilés. Je n'oublie pas ce passage du livre sacré qui tend ses appâts féminins, révèle la chair du texte.

Si Dieu se reflète dans les seins d'une femme, alors les seins de la femme pourraient refléter Dieu. Ils se donnent aux caresses mais je ne peux m'en emparer. Dieu, les femmes et les planètes insaisissables… mes mains ouvertes telle une parabole en quête de leurs rayonnements.

Au fil des ans et de mon enseignement talmudique, j'ai peu à peu pris goût aux jeux du visible et de l'invisible. Ainsi, lorsqu'il nous est demandé de porter des tefillins sur notre bras et entre nos yeux, ces écrits sacrés que nous ne pouvons pas lire, et de placer une mezouza à l'entrée de la maison, autre texte interdit de lecture, pour nous rappeler que Dieu demeure inaccessible, insondable et silencieux, je me permets aussi d'écrire des lettres à ma bien-aimée qui lui sont envoyées avec la consigne de ne pas ouvrir leur enveloppe. Au travers de nos échanges épistolaires, elle reçoit deux types de courrier, ceux qu'elle peut lire et ceux qui demeurent cachés.

De la même manière, dans les prières et les chants que j'adresse à Dieu, il y a ceux qu'il peut entendre et ceux qu'il ne peut percevoir. Je ne lui dis pas tout, je ne lui donne pas tout. Je veux que Dieu et la femme restent curieux et poursuivent leurs investigations.

Ma bien-aimée Léa respecte la consigne, elle n'ouvre pas les lettres mais elle a créé un rituel lié à la différence des sexes, à sa « coupure » comme elle la nomme. Chaque fois que son corps saigne, elle glisse mes lettres closes contre son ventre, s'ouvre aux dialogues entre les deux bouches silencieuses, scellées, plis contre plis, dans la dissimulation et le retrait de son être.

Certaines nuits où je travaillais seul à l'observatoire, Léa venait me rejoindre. Je voulais qu'elle assiste au spectacle de la découverte des galaxies et des nébuleuses dans la lunette du télescope. Le mien, à la maison, n'est pas assez puissant pour détailler la nébuleuse d'Orion ou le grand nuage de Magellan dans la constellation de la Dorade.

Les observations de Léa me surprirent car ce qu'elle voyait de l'immensément grand et lointain lui semblait soudain microscopique et anatomique. Pour elle, les nuages interstellaires rougeoyants devenaient des vaisseaux sanguins, des cellules avec leurs noyaux, des fœtus... Tout à coup, moi aussi, je découvrais l'espace intergalactique comme si je voyageais dans le corps de Léa. Sa matrice flamboyante telle une supernova avec ses dégradés de rouge et de bleu, son cœur palpitant dans la nébuleuse du Trèfle, ses yeux dans la nébuleuse ovoïde de la Lyre qui me fixent d'un regard éteint d'étoile à l'agonie.

Révélation et transcendance du regard de Léa qui rapprochait l'infiniment grand de l'infiniment petit. Borgne, je regardais dans l'oculaire qui n'avait jusqu'ici que déporté la vue dans l'au-delà sans le retourner dans l'au-dedans de soi. Avant le regard de Léa, je demeurais un cyclope qui visait le Très-haut, le Grand Tout. Grâce à elle, je reviens au très bas car elle me rappelle que nous venons de la poussière et retournerons à la poussière.

Sans l'éclatement d'une étoile en particules de poussières, sans l'expérience de la réduction en nuage de matière éjecté d'étoiles mortes, il n'y aurait pas eu d'association de poussières pour former les planètes.

Cette découverte anodine mais essentielle me mit en joie. Je pris Léa dans mes bras pour danser l'événement ! Nos corps devaient participer à la fête car ils devenaient les représentants d'une chorégraphie unissant le très bas de nos pieds avec le très haut de nos bras dressés vers le ciel.

Ma tête résonnait de la musique des sphères et j'emportais ma belle dans la ronde des astres, tournoyant sur nous-mêmes dans la circonférence de la pièce. Je me transformais en satellite de Léa et dans le tourbillon de la danse, sa jupe se déployait tels les anneaux de Saturne. Je la tenais par la taille pour mieux la faire tourner comme une toupie. La cadence s'accélérait et nous n'étions plus que deux fous dansants, deux derviches tourneurs. De danseurs, nous devenions la danse.

Léa étourdie pivota sur son axe, tomba contre moi et nous roulâmes sur le sol, heureux et comblés de nous mélanger à la poussière. Je remerciai Léa pour son « *Hidouch* », le « nouveau Sens » m'ouvrant les yeux sur un invisible que je n'avais résolument pas vu jusqu'ici.

« Tu m'a mené au *Pardès*, le jardin des sens qui a aussi donné naissance au mot paradis. Comment te désirer, sachant que le désir vient du latin de-siderium qui signifie perdre l'astre ? Je veux te désirer toujours tout en continuant ma poursuite des astres. Je ne peux m'empêcher en te parlant, de questionner les mots, leur origine, leurs significations. Je voudrais pourtant, simplement, me contenter de vivre l'instant présent. »

Léa : « Tes mains touchent le présent, tes caresses donnent un espace au désir. »

Simon : « En ce moment, je goûte surtout ton exquise pesanteur sur moi. Je quitte l'attraction terrestre pour appartenir à ton atmosphère. Je sens les battements de ton cœur s'accélérer comme s'il se trouvait un pulsar au plus profond de toi. »

Aussitôt surgirent dans mes pensées les mots issus du traité Sanhedrin du Talmud : « *Pé shèl maala, pé shèl mata* » le lien entre la « *bouche d'en haut* » et la « *bouche d'en bas* » de Léa. Je compris alors pourquoi Carl Gustav Jung soutenait que le religieux était lié au féminin et au sexuel.

Mes lèvres ne recueillaient pas que les baisers de Léa, elles absorbaient son souffle et, dans l'expression du souffle, le chemin de son âme. Je voulais m'aventurer en terre promise de la bouche d'en bas mais je ne me sentais pas encore prêt à en franchir le seuil. Une hésitation, une timidité m'envahissait. J'entendais alors la parole du créateur à Moïse ; lorsqu'il lui demandait de pouvoir pénétrer en Israël. Dieu répondit « *Rav Lakh* » : « *Trop pour toi.* » Dois-je encore parcourir mon désert, après toutes ses années seul avec moi-même ? Le livre des questions me nourrissait de la manne céleste : paroles divines et délices de comètes, de galaxies, d'étoiles filantes.

Mais les besoins de mon âme n'étaient jamais rassasiés et les besoins de mon corps connaissent la faim. En alimentant ma faim, j'éveillais les pensées du corps, je les spiritualisais. Je puisais d'abord en moi une nourriture pour l'âme, comme la combustion de certaines étoiles, je me dévorais pour ravitailler l'esprit et ce n'est qu'après que j'offrais à mon ventre de quoi le sustenter.

J'aimerais nourrir Léa de mes pensées avant de lui donner un amour charnel. Qu'elle s'abreuve de paroles, qu'elle jouisse du plaisir des mots et de mes commentaires de la Torah. Je me détourne d'elle pour mieux revenir à elle, enrichie par ce détour. Je voudrais qu'elle aime l'homme talmudique en moi, celui qui, par l'interprétation du texte, ne cesse de se nier, se dépasser, se surpasser. Je suis généré par le texte autant que je génère le texte.

J'espère que le corps de Léa m'emportera du commentaire au « comment taire » ce dialogue continu effectué en accolant ses lèvres aux miennes. Clôture et silence de nos bouches, en attente de la petite voix intérieure qui se manifeste quand tournent les langues du baiser. Ni dire, ni parler et rejoindre l'âme animale qui n'a pas besoin de mots pour communiquer. Je me ferai cris ou chants à la gloire de Léa car il me faut d'abord la goûter, la lécher, la mordiller avec cette bouche mutique redevenue gueule primitive.

Lentement, je me fixai à la gorge de Léa, mes mains gravissaient l'échelle de ses vertèbres jusqu'à la racine du cou. Mes lèvres découvraient la saveur de sa nuque en me logeant sous le rideau de son épaisse chevelure déployée. J'embrassais le « *lieu de la pensée enclose inconnaissable* », « *l'enceinte de la gorge* », ces paroles du Zohar qui signent le lieu des origines de la création quand la pensée précède la voix.

Le cou de Léa, réservoir de mots, semblait s'allonger, se tendre, se modeler entre mes mains. Ma Léa, malléable, devenait Léda et se métamorphosait en cygne. Je roulais sa gorge entre mes paumes, pétrissant la pâte de sa peau, et sentais les frémissements du larynx quand elle avalait. Le cygne tendait le cou vers le ciel et transformait Léa en télescope, m'invitant à guetter l'infini au fond de ses yeux.

« Ma Gaïa, ma terre ! Je te touche et il me semble te façonner, t'inventer. Soudain, tu deviens Autre. Je te propose un rite où je me permettrai d'épeler ton corps, le démembrer en lettres hébraïques et le remembrer.

Chaque lettre correspond à un lieu, un membre, une partie de ton corps, tel qu'il nous a été enseigné dans la mystique du *Sefer Yetsira*, le livre de la création, au IVe siècle.

Pendant ce rituel, je chanterai la lettre sacrée tout en l'inscrivant de la pointe de mon index en effleurant ta peau. Les 22 lettres de l'alphabet se déploient en autant de clés pour écrire le nom de l'ineffable en toi et ouvrir ton cœur. »

Léa se déshabilla et se coucha sur ses vêtements.

« Je commence par les trois lettres mères : Shin, Aleph et Mem. Shin s'inscrit sur ton visage et s'accompagne du son « shhh », ses traits s'élèvent vers le haut à l'image des flammes du feu. Aleph reste muet, je le dessine sur ta poitrine et il s'unit au cœur et aux poumons. Il représente le souffle donné et reçu. Mem se pose contre ton ventre, il se fredonne telle une onde pure et symbolise le flot de l'eau, « Memmm… ». Te voici en contact avec l'air, l'eau, le feu. »

Au rythme des lettres chantées, Simon dessine de nouvelles portes sur le corps de l'aimée. Il pose le Yod sur les dix doigts des mains, le Vav sur les orteils, le Daled sur l'œil gauche et Gimel sur l'œil droit, le Resh sur les genoux, Beth sur la bouche et He sur le sexe.

« En désignant et en nommant chacune des parties de ton corps par une lettre, je me sens à la genèse du monde. Là où tout commence « Bereshit » à la lettre Beth, le B, première lettre de la Torah mais deuxième lettre de l'alphabet hébreu. Notre histoire est aussi à son commencement, comme si je participais à ta création en déposant sur ta peau la mémoire des 3500 ans écoulés depuis l'inscription des Tables de la Loi sur le mont Sinaï, à la naissance du peuple juif. »

« L'inscription de chiffres et de lettres sur le corps réveille en moi le pénible souvenir des tatouages dans les camps qui plongeaient l'individu dans l'anonymat de son numéro », souligna Léa.

« Mon rituel sacralise ton corps et par toi, j'honore les victimes, je leur rends hommage en purifiant une écriture, devenue code, qui avait profané le sens des chiffres et des lettres. Ces lettres écrites sur les rouleaux de peau de la Torah, dansent maintenant sur ta peau, s'unissent à toi, te pénètrent et te bénissent. »

La jeune femme demanda : « Quand tu découvres une nouvelle galaxie, est-ce que tu lui donnes un nom ou un numéro ? »

« Je préfère lui donner un nom mais mes collègues pensent avant tout en mathématiciens et physiciens. Ils sont habitués aux chiffres. Pour eux, un numéro peut aussi avoir sa personnalité, il n'est jamais neutre. Ils sont habités par les chiffres et interagissent avec eux. Moi aussi, depuis que je travaille sur la guématria de la Kabbale, j'établis des correspondances entre les lettres hébraïques et les nombres. Ainsi toute parole de la Torah est comptabilisée, lettre par lettre. »

Léa : « Tu cherches les objets célestes et nous autres, archéologues, cherchons les objets terrestres. On les répertorie aussi avec des chiffres et des lettres pour, au fil des découvertes, en reconstituer le puzzle. Toi et moi, nous ne pouvons nous contenter de la surface terrestre, pendant que tu t'élèves dans le ciel, je m'enfonce dans le sol. Je creuse la mémoire du passé et tu anticipes notre futur. »

Simon : « L'espace n'offre pas qu'une vision future, il témoigne aussi du passé et le grand prodige est de pouvoir voyager dans le temps, en avant ou en arrière. Quand les astronomes d'aujourd'hui s'interrogent sur ce qu'il y avait avant le *Big Bang*, ils opèrent tels des archéologues de l'univers à la recherche des traces de matière originelle. Si l'on compare l'âge de nos découvertes, tout ce que l'on peut trouver dans l'écorce terrestre est infiniment jeune au regard de nos fouilles dans l'espace chiffré en millions d'années-lumière. La distance entre la Terre et les astres nous met en perpétuel décalage horaire avec l'horloge céleste. Nous travaillons sur une échelle de quatorze milliards d'années en combinant l'espace, le temps, la matière et le vide. Mais la Terre n'en est pas moins notre laboratoire expérimental. La chute d'une pomme illustre le phénomène d'attraction terrestre et, par la suite, l'essentiel de la recherche se déroule dans la tête du chercheur, car il reproduit l'Univers dans son cerveau. »

Léa : « Le chercheur n'est pas soumis qu'aux forces de l'attraction terrestre. Je crois qu'une autre forme d'attraction opère maintenant sur lui… »

La jeune femme enlace tendrement Simon et glisse dans sa main une petite tablette d'argile aux faces gravées d'inscriptions cunéiformes.

Elle susurre à l'oreille de Simon : « *Tharé prit Abram, son fils, Lot… et il partit avec eux d'Ur en Chaldée* », avant de poursuivre :

« La tablette provient de la cité d'Ur, en Mésopotamie, la capitale des Sumériens et l'actuel Irak. Nous en avons retrouvé plusieurs milliers lors de nos fouilles mais celle-ci contient des formules mathématiques vieilles de 4000 ans qui permettent l'extraction des racines carrées et cubiques. J'ai pensé que ce petit présent te ferait plaisir car il vient de la ville où Abraham aurait vécu : Cette tablette exhumée des sables d'Irak, sur un sol meurtri par les guerres, le passage des armées de chars et de blindés, a peut-être été gravée au temps d'Abraham par un homme qui comme toi menait des opérations physiques et métaphysiques ? Malgré ses plaies, le sol continue de parler. Les tablettes de la ville d'Ur, celles de Mari et celles de la bibliothèque de Ninive nous ont donné des preuves troublantes de l'authenticité et la véracité des lieux cités dans la Bible et parcourus par Abraham. »

Simon : « Je pose la tablette contre mon cœur et je sens ton amour contenu dans la matière, mais aussi un maillon de l'histoire de notre peuple et sa continuelle quête de connaissance. Cette tablette prouve que nos destins sont intimement liés car ce que tu recherches dans le sous-sol des ancêtres rejoint ma conquête du ciel. Nous suivons un même objectif, celui de vérifier si ce qui est écrit dans les textes sacrés demeure vivant, intemporel. Pendant que tu voyages dans les racines de l'Histoire, je parcours sa cime mais le tronc commun reste les Saintes Écritures : la Torah. En archéologue biblique, tu récoltes parfois ses feuilles, ses fruits ou son écorce. Tu déchiffres les parchemins, les manuscrits de la mer Morte, les tablettes cunéiformes de Mésopotamie, berceau d'Abraham. Tes découvertes éclairent ma voie céleste et chaque fragment déchiffré, exhumé de son tombeau de sable, réanime, revivifie la Bible de Jérusalem comme si sur ta route, tu ramassais les cailloux qui aidaient le Petit Poucet à ne pas se perdre. Laisse-moi t'offrir aussi une petite pierre qui t'aidera à ne pas me perdre. »

Simon ouvre le tiroir de son bureau à l'observatoire et en extrait une pierre sombre qu'il offre à sa bien-aimée.

« C'est une météorite. J'ai demandé à un bijoutier de lui insérer un crochet pour que tu puisses la porter en pendentif autour du cou. Nous avons pensé tous les deux, au même moment, à nous offrir un cadeau, trait d'union entre nous. Cette synchronicité se retrouve aussi en physique quantique. Nous sommes profondément « intriqués », reliés, quelle que soit la distance qui nous sépare. Lorsque tu fouilles la terre, tu es amenée à trouver ce que tu cherchais comme si les objets attendaient que tu leur redonnes vie ou que tu prouves leurs liens avec les Saintes Écritures. Ta main est guidée par une force qui défie nos lois terrestres. Cette météorite, tombée du ciel, est la juste récompense pour celle qui me ramène sur terre quand mes pensées quittent le système solaire et voyagent à des années-lumière. »

Léa : « Je ne me sens jamais loin de toi. Même quand tu as la tête dans les étoiles. Du Cantique des Cantiques au Quantique des quantiques, nous sommes reliés, il n'y a plus de notion d'espace et de temps. Je peux t'aimer dans la réalité et hors de la réalité. »

Simon : « J'espère que notre amour sera comme l'Univers, en continuelle expansion. Les rapprochements entre ce que je ressens pour toi et le mouvement du cosmos influencent mon travail, ma vision des choses. J'en arrive même à penser que Newton devait être amoureux lorsqu'il a découvert la loi de la gravitation. Affirmer que deux masses ou deux corps s'attirent d'autant plus fortement qu'ils sont proches l'un de l'autre, n'a pas pu s'énoncer sans avoir fait l'expérience de l'amour. Je suis peut-être trop romantique et pas assez scientifique. Mes collègues se moquent souvent de mes « déviations » du champ rationnel de la recherche. Ils ne comprennent pas qu'un astrophysicien perde son temps dans l'étude de la Kabbale ou dans les textes poussiéreux du Zohar. Mes confrères me traitent d'illuminé mystique, mais grâce à cela ils ne se sentent pas menacés ni en rivalité avec moi. »

Léa : « Je suis aussi considérée comme une marginale parmi les archéologues. La plupart d'entre eux se comportent comme des chercheurs de trésors. Leur motivation est la découverte d'un objet rare ou d'une pièce de musée. L'archéologue biblique travaille surtout sur les fragments du texte, les restes du squelette en espérant reconstituer le corps du disparu. Comme le médecin légiste qui analyse et décode l'ADN d'une tache de sang ou de cheveux retrouvés sur le terrain, nous devons sans cesse estimer le vide, le manque, et travailler avec des morceaux plutôt qu'avec de belles pièces complètes. »

Simon : « Ma chérie, moi aussi je travaille à partir du vide, dont on ne sait pratiquement rien et qui pourtant constitue l'essentiel de l'univers. Ce vide me semble fondateur, il est le cadre infini qui contient tous les ingrédients du monde. On pourrait déployer l'univers comme les rouleaux de la Torah, y retrouver nos origines, la genèse et notre finitude. Mais le début et la fin ne sont peut-être qu'un éternel recommencement, une combinaison secrète faite de déterminisme et d'aléatoire. Comme cette météorite et la tablette cunéiforme émergeant du passé, chargées d'informations qui nous éclairent sur demain et sur nous-mêmes. »

Léa : « Hors du champ terrestre, ton télescope se pose où il veut, libre de ses mouvements et de ses prospections. La seule frontière qui lui est apposée est liée à sa puissance focale. Tu voyages en grande liberté dans l'espace sans passeport ni autorisation. Pour les archéologues, la majeure partie des sites qui nous intéressent se trouvent dans les pays en guerre ou trop dangereux d'accès. Les peuples qui se considèrent comme nos « ennemis » interdisent l'accès à leur territoire. Je devrais poursuivre mes recherches à Gaza, en Syrie et en Jordanie, mais on ne me donne pas les autorisations. Je suis obligée de travailler, comme toi, à partir d'images satellites. Lorsque tes yeux quittent la terre, les miens scrutent à distance. Les clichés, vus du ciel, m'aident à voir ce qui demeurait invisible, caché à même le sol. Le recul nécessaire, mais aussi imposé par un contexte politique conflictuel, révèle l'empreinte de sites archéologiques enfouis et décelables au travers des variations de pigmentation terrestre. L'imagerie satellite me renvoie la signature spectrale, sorte de radiographie des profondeurs. Je possède maintenant, à partir des cartes du ciel, plusieurs destinations de fouilles où pourtant nous n'avons pas le droit de pénétrer. C'est très frustrant ! Le retour à la terre me manque. Les mains nues dans le sable fouillant les grains impalpables qui filent entre les doigts comme une matière qui refuse d'être saisie. Je m'insinue en aveugle sous le dos des dunes, je parcours leur échine à tâtons, brassant le sable, soulevant des vagues d'écume poudreuse comme s'il m'était donné de plonger au cœur d'un océan cristallisé. »

Simon : « Ce que tu me dis me fait penser que les astronomes ne peuvent s'empêcher de donner des noms de mer aux étendues désertiques des territoires de la Lune. Il n'y a pas la moindre goutte d'eau sur toute la surface de la Lune et pourtant ils les nomment « Mer des Vapeurs, Mer du Nectar, Mer des Crises, Mer des Nuées, Mer Marginale, Mer de l'Ingénuité… ». Tel un mirage, on a l'illusion de l'eau dans le désert. On ne résiste pas à la tentation de réunir le désert à son opposé maritime. »

Léa : « Ils ne sont pas si opposés puisqu'on retrouve des fossiles marins dans le désert. Le sable est pour partie constitué de fragments de coquillages réduits en grains au fil de millions d'années. Ce que nous voyons aujourd'hui est trompeur. Où finit l'eau, où commence le sable ? La mer a donné naissance aux déserts, le désert semble vide et sans vie alors qu'il emmagasine la mémoire du passé, les sources de l'histoire ? Quel plaisir intense j'éprouvais à voyager en arrière dans le temps et de descendre 4000 ans sous terre en repérant le long du Tigre et de l'Euphrate des buttes que les arabes appellent des « Tell » ce qui signifie des collines ou des tas. Chacune de ces petites collines est une mine d'or pour les archéologues. Elles sont le fruit d'une superposition d'histoires et de générations empilées les unes sur les autres. Une masse créée par des décombres, des ruines d'habitations, de murs, de palais, de huttes ensevelies. En creusant leurs couches on traverse le passé, on remonte le temps en s'enfonçant profondément sous les gravats de briques, de poteries, d'armes, d'outils… Je reconnaissais ainsi avec émotion la trace du foyer dont la chaleur et les fumées assombrissaient les sédiments voisins. Le moindre débris n'avait plus de secret pour moi, je pouvais reconnaître et dater de minuscules fragments de céramique à leurs teintes à leurs décolorations. Nous découpions la colline du Tell en tranches, comme un gâteau, et il nous révélait les saveurs des temps révolus, les coutumes, les habitudes alimentaires ou le degré de civilisation des peuples. À l'époque, les populations n'évacuaient pas leurs ordures : celles-ci étaient jetées dans le périmètre du Tell, ce qui nous a permis de retrouver une quantité d'indices de leur vie quotidienne en explorant des poubelles vieilles de 4000 ans ! Quel paradoxe pour un archéologue biblique de confronter l'étude de pièces sacrées comme les manuscrits de la mer Morte dont je déchiffre les fragments, avec l'examen de débris contemporains d'Abraham, déterrés sous les gravats de cités réveillées de leur long sommeil de sable. »

Simon : « Les planètes aussi sont nées de poussières d'étoiles, des déchets de matière après l'explosion d'un soleil. Le kabbaliste Isaac Louria nous demande un travail de restauration de ce qui a été brisé, c'est là notre mission de réparation « le *Tikkoun* ». Ainsi toute l'imperfection du monde, son incomplétude, symbolisée par la « *Chevira* » la brisure des vases contenant la lumière, attend que l'homme rassemble et réunisse ce qui a été séparé, divisé. Nous avons tous la responsabilité de recoller les morceaux ; chacun contribue à la restauration : toi en unifiant la Torah grâce aux découvertes archéologiques et moi en tant qu'astronome et kabbaliste, je retrouve dans le *Big Bang* originel l'idée de la *Chevira*, l'explosion de lumière. Cette division s'incarne également au plus profond de notre être pendant la conception, au moment de la mitose, cette grande division cellulaire. La fécondation ne serait-elle pas une forme de Big Bang qui ne cesse d'œuvrer par une succession de brisures-Chevira et de réparations-Tikkoun ? »

Léa : « L'amour essaye aussi d'unifier ce qui a été divisé en deux sexes distincts. Comme l'illustre le mythe d'Aristophane où Zeus sépare un être constitué des deux sexes afin que chacun cherche son autre moitié, son complément. Cette coupure introduit le manque fondateur qui nous oblige à diriger notre demande de complétude et de réparation vers un autre, l'alter ego. »

Simon : « Je ne doute pas que l'union de nos corps et de nos âmes contribuent, avec l'intensité de notre amour, à réparer la brisure originelle. Nous produisons une énergie qui déborde de nous et agit sur l'univers. »

Simon et Léa finirent la nuit en quête de nouveaux astres. Ils s'immobilisèrent face à un écran plasma rapportant les images capturées par le télescope. La jeune femme avait l'impression que Simon l'emmenait à bord d'un vaisseau spatial, tant ce voyage intersidéral l'emportait loin de la terre. Devant le déploiement de l'infini, elle se sentait soudain étrangement seule. L'univers constitué de pleins et de déliés s'apparentait aux lettres hébraïques que Simon avait dessinées sur son corps et qui réveillaient en elle le chant des lettres, les douceurs des caresses. Elle pensait au secret silence renvoyé par l'écriture céleste, tel l'indicible, l'imprononçable nom de Dieu. Et pourtant, malgré elle, ses oreilles voulaient entendre un son, une voix résonner dans la nuit muette. Simon, concentré sur sa tâche, se promenait dans le ciel à la manière d'un trappeur dans les vastes steppes qui piste les traces de pas, les empreintes divines d'un Dieu trop discret pour se montrer.

Léa se souvint de la vive émotion ressentie en découvrant dans le musée des sciences naturelles de Venise, la trace fossilisée dans la glaise de la trajectoire d'un limule. Ce n'était pas la vision de l'animal fossilisé qui l'avait touchée mais l'empreinte laissée dans le sol du sillon tracé par son chemin, les pattes griffues de la bête offrant l'esquisse discrète de son passage, le frêle labour des pattes dans la terre devenue pierre au fil des millions d'années. Délicate portée de notes pianotées dans le sol qui avait gravé la composition du limule pour l'éternité. Que représentent nos œuvres à l'échelle de la signature subtile du mouvement imprimée par le temps ?

L'homme préhistorique n'a pas laissé son portrait dans les grottes. Il stylisait les animaux, mais ne donnait de lui que l'empreinte de ses mains ou des silhouettes sans visage. Il posait sa paume contre les parois et ce geste symbolisait une forme d'union, d'offrande de son corps accolé à la pierre. Don et abandon de soi, quand la main touche le mur, elle prend contact avec la pierre et reçoit ainsi sa force, son énergie. Mains dressées, mains adorantes, mains implorantes qui du fond des ténèbres de la grotte s'élevaient vers la lumière.

À Vitlycke, en Suède, dans les sites néolithiques où se trouvent des gravures rupestres que Léa avait visités pendant ses stages d'archéologie, elle avait découvert ces vastes parois recouvertes d'inscriptions rituelles sacrées et chamaniques. L'homme de l'âge du fer quittait l'obscurité des grottes et offrait au soleil, au ciel, ses gravures incisées dans les roches polies comme des miroirs par le temps. Ces inscriptions rendaient hommage à la nature, aux animaux, au soleil, aux morts. Une multitude de représentations de bateaux transportaient l'âme des défunts dans un voyage pour l'au-delà. Ces embarcations ressemblaient aux barques égyptiennes chargées du transport des âmes.

Léa posait de larges feuilles de papier contre les parois couvertes de gravures et au moyen d'un chiffon enveloppé de papier carbone, réalisait des frottages. Sa main balayait la surface jusqu'à l'apparition d'un négatif des inscriptions creusées dans la pierre. Ces copies au carbone emportaient l'empreinte inversée des pierres gravées. Léa avait profondément conscience de se trouver dans un lieu de culte sacré et, pour elle, travailler à la duplication des sujets et des symboles s'apparentait à une cérémonie rituelle.

La nuit, à la lueur d'une lampe de poche, les personnages semblaient s'animer, ils entraient en scène comme si ce vaste monde figé dans la pierre s'éveillait sous les projecteurs. Elle s'était allongée contre la paroi et, dans les interstices des gravures, Léa posait son oreille pour recevoir leurs chants, entrer en dialogue avec le peuple de la roche. Dans une rêverie semi-consciente, elle se trouvait accueillie par la pierre, incorporée, et faisait ainsi connaissance avec le petit monde qui l'habitait.

Dans son rêve, Léa vit le chamane du village portant le même masque à cornes que celui qu'elle avait décalqué. Il revêtait une peau de cerf et dansait en cercle en brandissant une hache de métal effilé. Il l'invita à bord de la barque funéraire où un voltigeur s'adonnait à des acrobaties entre air et eau. Léa participait à la fête, elle battait le tambour en rythme avec l'assemblée du navire et partageait leur enseignement dans une forme de communauté de corps et de pensée. Elle eut la sensation de s'élever dans les airs. Elle ressentait, au sein de son cœur, le profond respect de ce peuple pour les végétaux et les animaux.

Le lendemain de cette expérience chamanique de voyage au cœur de la pierre, elle n'osa pas raconter à ses collègues son initiation néolithique en partageant les secrets des inscriptions. Ils l'auraient prise pour une illuminée.

Depuis cette première « communion » avec les signes et traces laissées dans les lieux sacrés du passé, Léa n'avait cessé de renouveler ces plongées au cœur du mystère des messages laissés par nos ancêtres. Elle était entrée en communication avec les mégalithes de Carnac et de Stonehenge, érigés en Temple du Soleil et dépositaires des cultes célestes. Ses bras enserraient les menhirs et les dolmens. De cet enlacement jaillit une autre source de connaissance, la transmission d'un savoir non écrit, non parlé mais ressenti. Un trait d'union entre passé, présent et futur. Un sentiment d'éternité, de continuité, de ce qui relie les hommes d'ici-bas avec les défunts, les êtres de lumière et le divin par-delà le visible.

Dans ce corps à corps avec les vestiges de grands rites religieux, Léa devenait récepteur d'antiques outils de liaison. Elle pénétrait la mémoire graphique derrière chaque signe, chaque image gravée. Peu à peu, ces archives visuelles dont ses doigts parcouraient les faces éclairaient le chemin d'une ascension mystique. L'expérience lui démontra que même si elle changeait de lieu et de support, de la vallée des Rois en Égypte à Teotihuacán au Mexique, il lui était toujours donné de poursuivre son ascension. En l'absence de toute représentation et de lieu de culte, elle ne manquait pas de retrouver le chemin de la lumière en s'abandonnant aux battements des tambours en Afrique et au cœur de la forêt amazonienne.

Appartenant au peuple du Livre, ses origines la ramenaient toujours au texte, à ce plaisir que lui procuraient les lettres depuis leur naissance protosinaïtique à la sortie des juifs de l'esclavage en Égypte. Une écriture à base de pictogrammes, des dessins inspirés des hiéroglyphes jusqu'à l'écriture assyrienne des rouleaux sacrés de la Torah.

Léa avait rencontré Simon à un stage de méditation qu'il animait à partir des lettres hébraïques en s'inspirant de la technique kabbalistique transmise par Abraham Aboulafia au XIIIe siècle.

Depuis plusieurs années Léa s'approchait au plus près de la lettre en étudiant les écrits bibliques retrouvés à Qumrân et à Murabbat dans les montagnes de la mer Morte. Les uns sur des rouleaux de cuir de 7 mètres de long, les autres sur fragments de peau ou de papyrus. Ce travail minutieux d'assemblage et de reconstitution des pièces infimes l'absorbait et nécessitait une patience, une exigence chirurgicale pour remembrer le corpus du texte.

La vigilance de ses yeux et l'adresse des mains travaillaient en orfèvre mais la rigueur scientifique de cette tâche l'avait détournée du caractère sacré et de la charge émotionnelle des lettres. Elle croyait se concentrer sur le résultat final, celui de rejointoyer les bords comme si la lettre, le mot ou la phrase s'effaçaient derrière la forme du fragment qui guidait son regard. Mais la lettre oubliée, délaissée, venait s'inscrire en elle à son insu. Léa fut ainsi, malgré elle, traversée par les lettres qu'elle manipulait comme les pièces d'un puzzle.

Le peuple de Qumrân, les Esséniens, en 60 après Jésus Christ, craignait que l'on détruise ses Textes Sacrés. Pour les protéger, ils les avaient cachés au fond de grottes, préservés dans des jarres en terre cuite ou enveloppés dans des rouleaux de lin.

Les Esséniens vivaient en retrait à Qumrân et c'est pourtant grâce à eux, qui évitaient les contacts avec l'extérieur, que les plus vieux manuscrits bibliques furent conservés et révélés au monde entier.

Combien de Torah et d'Évangiles brûlés pour avoir été disséminés par la ferveur des missionnaires de la foi ?

Les Esséniens ne se doutaient pas que l'on retrouverait leurs manuscrits deux mille ans plus tard. L'empreinte dévote de leurs doigts sous le texte ouvrait le chemin aux doigts des chercheurs égarés dans ce matériau complexe en quête de voix, d'articulation, de mouvements. La trace sombre laissée par le doigt de la prière guidait Léa et ravivait le texte qui oubliait ses coupures et les cicatrices du temps.

Ces textes revenus à la vie n'avaient pas été découverts par des archéologues juifs ou chrétiens, mais avaient été libérés de leurs cavernes désertiques par des bédouins arabes. Quel curieux destin que de réapparaître sous les mains de découvreurs musulmans ! Le premier, Mohammed Dib en 1947 cherchait sa brebis égarée sur le flanc rocheux au nord de la mer Morte. À cette époque, la guerre judéo-arabe ensanglantait la Palestine après la proclamation de l'état d'Israël. Les recherches furent reportées en raison des conflits très violents. Mais ces faits historiques d'une terre divisée entre juifs et arabes semblaient précisément ouvrir les profondeurs de sa chair pour réveiller la mémoire, rappeler les sources communes et tenter l'unification, la réconciliation.

À l'inverse, il apparaissait que plus on mettait à jour de nouveaux manuscrits en Égypte, en Israël, en Jordanie ou en Palestine, plus les conflits s'avivaient.

Léa redoutait les menaces d'attentats dans les lieux où l'on archivait les documents sur lesquels elle travaillait. Les dispositifs sécuritaires imposaient la fouille aux archéologues et ceux-ci se soumettaient ; de fouilleur ils devenaient fouillés.

Quand Simon vint lui rendre visite au laboratoire, il fut fouillé à son entrée et à sa sortie car le danger vient aussi bien de ce qu'on pourrait apporter que de ce qu'on pourrait emporter. Le vol d'une lettre, d'un fragment de texte serait une perte inestimable.

En découvrant le bureau de Léa pour la première fois, Simon fut ébloui par la vision de sa bien-aimée assise à une vaste table sur laquelle reposait une multitude de fragments des manuscrits de la mer Morte déployés devant elle. Dès cet instant, Simon tomba amoureux car il se produisit en lui une révélation : Léa réparant le texte brisé par la *Chevira* et rassemblant les étincelles divines éparpillées autour d'elle. En unissant à nouveau ce qui avait été séparé, elle participait à la réparation du monde : le *Tikkoun* où incombe à chacun de nous la responsabilité de rétablir l'ordre des choses et de les ramener en leur état originel, celui d'avant la brisure. Léa contribuait dans chacun de ses gestes au retour de la présence divine, la *Shekhinah*. Sous les yeux émerveillés de Simon, Léa appliquait à la lettre les concepts fondamentaux du kabbaliste Isaac Louria, celui que l'on surnommait *Ari-Zal*, le lion sacré.

Quand Léa rencontra pour la première fois Simon, au stage de méditation sur les lettres hébraïques, la jeune femme ne lui avait pas révélé combien sa profession la mettait en contact avec les lettres. Au moment des présentations de chacun des participants, elle avait modestement dit qu'elle était archéologue et travaillait sur l'ADN biblique, en s'aidant de microscopes et de pinces chirurgicales pour ne pas altérer les fragments millénaires.

L'un des exercices préliminaires à la méditation selon les préceptes d'Aboulafia était la calligraphie à l'aide d'une plume ou d'un kalam de manière à unir le geste aux lettres, le mouvement de la main au mouvement de la lettre. Après avoir dessiné les pleins et les déliés des lettres posées sur le papier, nos yeux prennent appui sur les lettres comme si le corps venait s'allonger dans la douceur du trait ou que la nudité de l'être se revêtait du manteau de la lettre.

Peu à peu, les 22 personnages de l'alphabet hébraïque se révèlent, entrent en scène, quittent la page trop étroite pour s'incarner dans les participants.

Tour à tour, chacun est invité à donner voix à la lettre et à chanter leur harmonie. Cette étape de la méditation vocale s'appelle le *Nigoun* et permet d'intégrer les vibrations émises par la lettre qui agiront à la fois sur le corps, l'esprit et l'âme. La personnalité de la lettre, son climat affectif, se manifestent et très vite la lettre imprime un rythme scandé par un balancement des mains, des pieds ou de la tête.

Le maillet des lettres vient percuter chaque être comme s'il frappait la peau d'un tambour. Certains dansaient les lettres selon leurs différentes formes, cependant que d'autres esquissaient leurs volutes, leurs courbes d'un mouvement de bras ou de main. Après avoir dessiné, chanté et dansé les lettres, Simon demandait de les visualiser dans la paix intérieure, en silence, en position assise ou couché, les yeux clos.

Ainsi les lettres s'intériorisaient, se projetaient au cœur de chacun et voyageaient au travers des vaisseaux sanguins. En s'adossant aux cellules, ces mystiques consonnes semblaient écrire un texte secret, enfoui et infini. Chaque homme ou femme devenait un livre aux lettres vives, réactives et mobiles, qui se déplaçaient sous l'effet des pulsations cardiaques. Le souffle inspire également cette écriture baladeuse comme s'il gonflait les petites voiles de l'alphabet hébraïque emportées dans un fleuve de sang.

Simon racontait comment les kabbalistes incorporaient la ronde des lettres en faisant tourner le cercle sacré des lettres dans leur tête, tel un mandala déployant sa roue méditative ou son moulin à prière. Les circonvolutions centrifuges transportaient la danse des 22 lettres jusque dans sa matrice primitive, le rouleau de la Torah. Elles rejoignent leur source et emportent les méditants dans l'extase. Ils pénètrent le livre et s'enroulent dans la mue de Dieu. Ils parlent le texte et sont parlés par lui.

La lumière divine traverse la fenêtre des mots. Les entailles produites par la lame affûtée des lettres laissent transparaître les paroles chargées d'éclairer notre chemin.

Ces images suggestives et leurs représentations aidaient les participants à se laisser transporter de la lettre au livre et du livre en leur sein sans limite ni frontière.

Léa n'éprouvait aucune difficulté à plonger au cœur des grandes écritures en partant des fragments de Qumrân et en intégrant ces pièces détachées en elle. Cette Torah brisée, clairsemée, se reconstituait dans son intérieur salvateur. Pour elle, chacun de nous abrite un texte brisé et doit procéder au *Tikkoun*, à sa réparation. Lorsque Léa unissait des segments de mots ou de lettres qui s'étaient déchirés ou égarés par les effets du temps et de la corrosion, il lui semblait qu'elle contribuait au rapprochement des êtres séparés ou divisés. La concentration intense que requérait cette tâche d'épigraphe s'apparentait à une lente et méthodique prière d'amour qu'elle adressait aux terres lacérées par les haines fratricides. Comment unifier ces territoires criblés de bombes et de plomb, ses habitants écorchés, le cœur en pièces détachées ?

Elle méditait également pour la terre natale de son père, archéologue lui aussi, qui avait dû fuir l'Iran au moment de la révolution islamique car il était Zoroastrien et menacé par le régime. À cette époque, son père avait hésité entre rejoindre la communauté Zoroastrienne d'Inde, les Parsis, à Bombay, ou venir en Israël et continuer ses recherches archéologiques en terres saintes. Il venait de terminer la traduction des Gathas de Zarathoustra, les 17 chants sacrés, seules paroles attribuées au prophète et qui transmettent l'enseignement d'Ahura Mazda. La publication des Gathas risquait de coûter la vie à cet homme qui se consacrait à défendre la doctrine du sage Zarathoustra, basée sur la parole juste, la pensée juste et l'action juste. Premier monothéisme, né 1700 ans avant J.C., qui prône le libre arbitre, l'égalité entre l'homme et la femme et le respect de la nature et des animaux. Léa avait reçu les valeurs zoroastriennes de son père et celles de sa mère marrane qui se passionnait pour les évangiles apocryphes, les mystiques juifs et chrétiens. Pareille imprégnation spirituelle la prédestinait sans aucun doute à une carrière d'épigraphe et à la rencontre d'un juif kabbaliste. Judaïsme et Zoroastrisme ont longtemps cohabité durant la période de l'Empire Perse. La protection accordée aux juifs par Cyrus le Grand et la reconstruction du Temple de Jérusalem qu'il ordonna, conféra pendant plusieurs siècles une certaine quiétude aux juifs exilés en Perse. Cyrus est nommément cité dans la Torah et il fut considéré longtemps comme une sorte de Messie par le peuple juif. Il ne fait plus aucun doute pour les historiens que le zoroastrisme, sa philosophie, ses concepts, ont profondément influencé le judaïsme et le christianisme avant d'être intégrés dans le soufisme.

Léa ressentait combien les paroles sacrées et les textes saints étaient reliés entre eux. Plus elle s'éloignait des dogmes des religions pour se centrer sur l'essence des mots délivrés par Zarathoustra, Jésus ou Yahvé au travers de la bouche de ses messagers, plus elle retrouvait une matrice commune. En grandissant au cœur des débats passionnés entre son père et sa mère, elle s'était peu à peu familiarisée avec les terminologies et valeurs identiques qui amenaient ses parents sur un terrain d'entente. Ceux-ci finissaient toujours par s'accorder sur les termes et symboles pour représenter l'invisible, l'indicible de Dieu. Les notions telles que la lumière, le chemin, la réparation, la responsabilité, l'âme, l'amour, la vie après la mort, ouverture et transcendance… alimentaient les échanges et stimulaient leurs pensées.

Face à l'intense plaisir que leur procuraient ces discussions, Léa avait parfois l'impression qu'ils s'aimaient bien au-delà des corps, dans une forme de communion des âmes, comme si leurs pensées se touchaient. Elle enviait ces extases mystiques et rêvait de se fondre dans leur bonheur mais elle était encore bien trop jeune pour comprendre comment atteindre cet état de grâce.

Les méditations sur les sons des lettres hébraïques, qu'elle avait expérimentées avec le groupe guidé par Simon, lui avaient procuré cette sensation d'élévation et de transport de son être. Ce que ses parents vivaient dans la fusion des paroles, elle l'éprouvait dans la dislocation du mot, son éclatement pour s'unir à son squelette, l'origine de la lettre animée par le souffle. L'unité indivisible, la particule élémentaire semblait concentrer en elle le noyau d'énergie, l'étincelle de lumière.

Au lendemain de leur nuit à l'observatoire, Léa proposa d'emmener Simon sur le site de Qumrân. Ils se fixèrent rendez-vous en fin d'après-midi, et Léa lui recommanda de porter une tenue de lin pur comme les portaient les Esséniens 300 ans avant JC. Le site des manuscrits de la mer Morte se trouve à près d'une heure de route de Jérusalem. Léa possédait un laissez-passer qui lui permettait de circuler librement sur le site. Ils arrivèrent quand les derniers touristes quittaient les lieux, peu avant la fermeture. Les guides étaient des amis de Léa et la saluaient, ils lui demandèrent des nouvelles de son père qui avait participé aux fouilles des plateaux des grottes de marne, aménagées de main d'homme dans la couche sédimentaire très tendre.

C'est dans cette falaise marneuse qu'en 1952 les bédouins avaient découvert la grotte 4 qui contenait plus de 600 rouleaux et fragments. L'expédition menée par son père n'avait ramené que des céramiques du 1er siècle, toutes identiques, sans motifs, ni décorations car les Esséniens se contentaient du strict nécessaire et menaient une vie simple et ascétique. Ils s'étaient constitué des habitations troglodytes dans la falaise pour se préserver du climat très rude aux bords de la mer Morte et se livraient à de nombreux bains rituels de purification et de repentir.

Les guides informèrent Léa qu'ils allaient fermer les entrées et s'assurèrent qu'elle n'avait pas oublié le code lui permettant de ressortir.

Léa se tourna vers Simon et dit : « C'est le meilleur moment ! Seuls, à la tombée du jour, dans ce lieu vieux de plus de 2300 ans. Imagine-toi te promener au cœur de cette communauté essentiellement masculine et célibataire, avant tout des ascètes se consacrant à la prière, à l'écriture, à l'étude. Je vais te montrer leur salle de travail : le scriptorium, où les scribes recopiaient les manuscrits et en rédigeaient de nouveaux. On en a retrouvé sur l'astronomie et sur leurs pratiques thérapeutiques de guérison des esprits possédés. Ils se soumettaient à une forme d'exorcisme spirituel pour libérer les âmes. Une description des procédés pour lutter contre les mauvais esprits se trouve dans « Les cantiques des sages » où l'on invoquait le nom de Dieu, le tout puissant, Yahvé. »

« Aboulafia recommandait aussi de chanter le nom de Yahvé dans les pratiques de guérison. L'exorcisme d'aujourd'hui, chez les catholiques, n'est pas si différent » ajouta Simon.

Léa : « Les Esséniens étaient des juifs hassidim très pieux qui observaient les lois rigoureusement, en étant détachés des biens matériels, du plaisir et des femmes. »

Simon : « Les pauvres, privés de femmes, on comprend qu'ils aient consacré leur vie à reproduire les livres. Ils ont disparu faute de descendance et persécutés par les romains mais les livres leur ont succédé. »

Léa : « Oui, des livres emmaillotés dans du lin ou du cuir et cachés dans des vases comme des fœtus. Ouvrir les jarres représentait une forme de naissance en les ramenant à la lumière après deux mille ans de gestation. Je me sens parfois semblable à une sage-femme. »

« Comment sait-on qu'ici se trouvait le scriptorium ? » demanda Simon qui franchissait le seuil des ruines de pierres et de sable.

Léa : « On y a retrouvé six encriers. On suppose qu'ils écrivaient à l'étage pour bénéficier de la lumière et ici il s'agissait sans doute de la couverture en ciment qui recouvrait la table des copistes. L'encre noire était composée de suie, d'huile et d'éléments végétaux. Ils écrivaient dans plusieurs langues, on trouve l'écriture paléohébraïque de l'hébreu ancien, l'écriture juive araméenne dite hébreu carré, le grec, mais aussi des texte ésotériques cryptés pour ne révéler leurs secrets qu'aux seuls initiés. Ils écrivaient sur des peaux d'animaux qu'ils tannaient eux-mêmes et sur des papyrus. La plus grande partie des textes a été rédigée sur peau car elle était plus abondante et moins coûteuse que le papyrus. On trouvait des peaux de mouton, de chèvre, de gazelle ou de bovidés. Ils cousaient ensemble les feuillets à l'aide de fil de lin ou de fins tendons. »

Simon : « Les moines copistes du Moyen-âge s'isolaient aussi dans leurs monastères. Il est curieux que cette tâche de recopier les Saintes Écritures soit confiée exclusivement aux hommes, et non aux femmes. Qu'auraient-ils pensé en apprenant qu'aujourd'hui, une femme comme toi s'approche au plus près des écritures pour réanimer les mots, leur rendre vie ? Je suis fier que tes mains touchent les manuscrits qu'aucune femme n'avait le droit d'effleurer du temps des Esséniens. »

Léa : « Au Moyen-âge, les grandes mystiques et les béguines se sont également consacrées à recopier les écritures. L'Église réprouvait leur ferveur et un grand nombre périrent sur le bûcher. Margueritte Porette, Angèle de Foligno, Sœur Jeanne des Anges. »

Simon : « Les douze apôtres et les quatre évangélistes chargés de l'écriture étaient des hommes. »

Léa : « Oui, mais il existe des évangiles apocryphes de Marie et de Marie-Madeleine trouvés en Haute Égypte. On doute de leur authenticité et on ignore s'ils ont été écrits par un homme ou par une femme. Personnellement, j'ai une préférence pour l'évangile de Philippe. Un texte d'une grande beauté qui nous révèle que Jésus embrassait Marie-Madeleine sur la bouche et qu'il accordait beaucoup d'importance à cette femme en lui disant des choses qu'il ne révélait pas à ses apôtres. »

Simon : « Moi aussi je t'embrasse sur la bouche, dans ce sanctuaire des livres et je peux atteindre le scriptorium de ta bouche, lire sur tes lèvres les messages cryptés d'amour. »

« Veux-tu que je t'embrasse en araméen ou en paléohébraïque ? J'ai toutes leurs lettres sur le bout de ma langue » poursuivit Léa en s'offrant à son étreinte.

Simon : « Une seule lettre hébraïque m'ouvre la porte de ta bouche, c'est toi qui en détiens la clé ! »

Léa : « C'est la lettre Pé, évidemment, qui veut dire bouche » et Léa dessina sur les lèvres de Simon un Pé hébraïque suivit de la lettre en araméen puis en grec. « Lequel préfères-tu ? »

Simon : « Je veux tout l'alphabet et connaître chacune de tes bouches, déployer la *guématria* sublime de tes lèvres. »

Léa : « Aimons-nous dans les règles de l'art des Esséniens. Ils se dénommaient « fils de lumière », comme les Zoroastriens, et commençaient la journée en tournant leur visage vers le soleil. Nous sommes à la tombée du jour mais le soleil est encore très intense pour recevoir nos intentions. Comme eux, nous sommes vêtus de lin, ce même tissu qui enveloppait les précieux manuscrits. Le Talmud mentionne la tradition d'emballer les manuscrits dans des étoffes pour les préserver. Les Esséniens suivaient à la lettre le commandement du Deutéronome : *Tu ne t'habilleras pas avec une étoffe hybride de laine et de lin.* »

Léa entraîna Simon au cœur de la cité silencieuse de Qumrân et se tourna en direction du soleil dont les rayons caressaient le cimetière, juste en bordure de la petite ville.

Léa : « Nous savons que les fidèles de la communauté pratiquaient *L'offrande des lèvres.* En se distanciant du Temple de Jérusalem, ils avaient bâti, à l'aide de leurs corps et de leurs esprits un temple d'homme, un édifice spirituel. Leurs lèvres offraient des cantiques de louanges, des prières, des actions de grâce matin, midi et soir. Ils ont également remplacé le culte sacrificiel des animaux par un culte spirituel en présentant pour offrande à Dieu des hymnes et des psaumes. On les a retrouvés dans plusieurs manuscrits sous la dénomination *Cantiques de l'holocauste du sabbat* et *Cantique de louanges, hymnes* dans différentes grottes. Zarathoustra aussi avait aboli les sacrifices animaux et enseignait que le Temple d'Ahura Mazda se trouvait au-dedans de nous. »

Simon : « Je tends mes lèvres vers la lumière divine. Soyons l'offrande du soir. Je me sens engagé avec toi dans cette réactualisation du culte Essénien d'offrande des lèvres. Mes yeux rebaptisent les ruines, mes oreilles entendent les hymnes et les cantiques, mon nez reconnaît l'odeur des fours à pain, des peaux tannées et des animaux dans l'étable. La lumière d'en haut illumine les ombres du passé, rend corps aux disparus. »

Léa : « J'unis mon temple intérieur au tien, mes lèvres contre le tabernacle de tes lèvres et quand mes yeux se ferment, ils voyagent dans tes profondeurs à la recherche du Dieu enfoui en toi. »

Simon : « Toutes nos parcelles de divin se rencontrent, mes maîtres de la Kabbale, les prophètes Zoroastriens de ton père, le maître de Justice Essénien, les grands mystiques, car nos cœurs sont des sanctuaires, des bibliothèques sacrées et comme les Esséniens, nous relisons, nous écrivons avec le passé et pour le futur. »

Léa : « Continuons notre visite initiatique en procédant au rite de pureté et de propreté qui était de la plus haute importance à Qumrân. Les cœurs et les corps devaient être purs. Leur discipline de vertu s'accompagnait donc d'ablutions plusieurs fois par jour. Les grands bassins sont maintenant asséchés mais cela ne doit pas nous priver de la purification symbolique des corps et de notre esprit. Cet escalier servait sans doute lors de la descente au bassin et celui-ci pour la remontée afin que le passage des corps souillés ne rencontre pas les corps lavés. »

Le couple entreprit la descente dans la grande vasque, demeurée intacte. Ils se déshabillèrent et posèrent leurs vêtements contre l'escalier pour entrer nus dans le bassin vide. La chaleur du soir laissait les corps humides et les caresses qu'ils se donnaient glissaient sur la peau comme si celle-ci sortait du bain. Ils se frottèrent l'un contre l'autre, comme des serpents qui s'enlacent et leurs fluides se mêlèrent.

Léa : « La transpiration est aussi une forme de purification et le mélange de nos sueurs un nouveau rite sacré. »

Simon : « Je me lave à ta source, de la salive de ta bouche recouvrant mon visage, à ton écume intime qui m'envoie des vagues de plaisir. L'offrande des lèvres ne serait pas absolue si elle ne déversait pas ses élixirs d'amour. Les Esséniens sont morts sans connaître cette cérémonie de purification à la source de l'aimée. Je me sens si pur, en renaissance, comme si tu m'avais baptisé. »

Léa : « C'est peut-être parce qu'ils n'avaient pas de femmes qu'ils se purifiaient dans l'eau des bassins. Ils n'avaient sans doute pas le droit de se toucher puis d'écrire les Saintes Écritures d'une même main. »

Léa passa sa longue chevelure, tel un rideau de soie, contre la peau de Simon et déplaçant sa tête de haut en bas et tout autour de lui, elle l'assècha avant qu'il ne renfile ses habits. Puis, elle sortit de ce bain symbolique, s'allongea sur les pierres et sécha au soleil. Simon la regardait, alanguie, sur une terrasse de pierres éboulées, vraisemblablement peu confortable. Cette vision s'imprima dans sa mémoire car il n'avait jamais photographié de jour ; il se contentait de conserver des clichés des astres de nuit. Ainsi, on ne verrait jamais Simon muni d'un appareil photo, seuls ses yeux archivaient les beautés du jour.

Il considérait que les photographies et le culte de l'image étaient devenus de nouvelles idoles.

Léa lui expliqua que ces dernières années, son travail avait énormément évolué car les fragments avaient tous été photographiés et répertoriés sur des microfiches.

Léa : « Plus de 80 000 fragments peuvent être analysés et agrandis sans risque de détériorer les originaux déjà rendus fragiles par leur exposition au soleil et à l'humidité de l'air. Il nous est encore possible de travailler sur les rouleaux et les fragments lorsque cela s'avère nécessaire mais le temps est très limité et sous haute surveillance. J'ai souvent besoin de consulter une pièce pour examiner son dos et vérifier la concordance avec d'autres pièces du grand puzzle. Nous utilisons aussi les lumières infrarouges qui nous permettent de voir des lettres devenues invisibles ou illisibles. On étudie également le code génétique des peaux des animaux et leur ADN nous aide alors à réunir des éléments épars. »

Simon : « Tu ne regrettes pas le contact avec les manuscrits ? L'émotion est sans doute moins intense quand la technologie s'interpose entre tes mains et le rouleau ? »

Léa : « Le lien direct est rompu mais j'éprouve un autre plaisir à reconstituer les textes, les sortir de leur silence, percer leur secret après de longues tentatives, mille essais et erreurs. C'est un jeu de piste passionnant où je récolte les lettres, les mots d'un trésor dispersé. Toi aussi, tu es dépendant du télescope informatisé qui te montre une image du passé. Tu guettes les nébuleuses et les amas des galaxies telles qu'elles se présentaient il y a plusieurs millions d'années-lumière. Je trouve extraordinaire que nos outils les plus sophistiqués nous aident dans une lecture toujours plus performante du passé. Tu ne cesses de voyager dans les textes des kabbalistes qui eux-mêmes travaillaient à partir de la Torah et du Talmud et parallèlement tes recherches en physique quantique semblent abolir toute notion de temps. Moi aussi, en avançant dans cette grande fresque biblique de Qumrân et en lui offrant ce bain de jouvence technologique, je la trouve d'une grande modernité et intemporelle. Actuellement, j'actualise les inédits apocryphes de Nag Hammadi ; ces nombreux textes qui n'appartiennent pas au corpus biblique. Souvent, je me trouve saisie par la fraîcheur de ces textes, leur clarté qui pourrait sortir de la bouche d'un auteur contemporain. C'est fascinant d'être la première à lire une œuvre inconnue du monde entier. Je me prends au jeu, j'ai l'illusion qu'ils m'introduisent auprès du Tout-puissant par des couloirs secrets. »

Simon : « J'aime une femme dont la tête, le cœur et le corps sont emplis de manuscrits. Quel bonheur de toucher l'héritière des fils de lumière et de me trouver avec toi dans cette ville en ruine, d'entendre leur voix, leurs chants au travers de ta bouche. Ce paysage désertique devient soudain plein de vie. »

Léa : « Les Esséniens croyaient dans la résurrection des morts, la présence des anges et des esprits. Nous ne sommes peut-être pas si seuls dans ce désert et leur présence me paraît très bénéfique. Je ne reçois que les bonnes énergies du lieu et celles toutes aussi puissantes et perceptibles de ton amour. »

Léa emmena Simon vers la grotte IV où avaient été retrouvés les principaux manuscrits. Ils gravirent la falaise escarpée par le petit sentier qui menait aux cavités creusées par le vent et les mains des Esséniens. Ils pénétrèrent dans les galeries de ces roches tendres et friables. La fraîcheur des lieux les accueillit ainsi qu'une douceur feutrée qui semblait couvrir la voix, envelopper les mots d'une étoffe de coton.

Les parois de la grotte étaient tout en rondeur, dépourvues d'angles. Elles accentuaient encore cette délicate sensation de bien-être, de protection. Des cavités s'ouvraient telles des fenêtres ovoïdes sur la vallée de la mer Morte. Les ruines, vues d'en haut, ressemblaient aux fondations d'une cité en construction. Surprenant rapprochement entre les origines et la finitude, le commencement et le terme des choses.

Léa : « C'est ici que se trouvaient les jarres contenant les manuscrits les plus précieux. La cachette la mieux préservée de l'histoire de l'humanité, deux mille deux cents ans sans être découverte. »

Simon : « Dieu aussi se cache pour qu'on continue de le chercher. Il laisse de-ci de-là des indices pour le trouver. Les manuscrits participent à ce vaste jeu de piste qu'il nous tend en pièces détachées. Ces milliers de fragments éparpillés sont semblables aux éclats d'étincelles divines contenues dans les vases avant le processus de la *Chevira* : l'éclatement des vases qui disperse les étincelles saintes de par le monde. À nous de participer au Grand Œuvre, de rassembler, réunifier la totalité d'un Dieu qui a été démembré et dont les parcelles sont dispersées sur terre comme aux cieux. Malheureusement, la tâche est ardue car l'homme n'a pas conscience qu'il lui faut rechercher ces parcelles divines, tant au-dedans qu'au-dehors de lui. »

Léa : « Je crois savoir où se cachent tes étincelles sacrées. Elles trouveront peut-être un nouveau réceptacle au plus profond de moi. »

Léa s'allongea à l'emplacement où jadis étaient déposées les jarres et invita Simon à venir se coucher près d'elle. Le sol dans ces petites niches troglodytes émiettées par le temps avait la douceur du talc ou de la farine. Il offrait un confort délicat aux amants éblouis par la rencontre de leurs flammes intérieures.

Les arabesques, les volutes de leurs corps s'accolaient et s'adossaient en majesté comme s'ils reproduisaient les caractères des manuscrits dans leur chorégraphie amoureuse. Assemblage de membres qui figurent des lettres, se nouent et se dénouent, imprimant dans la falaise de marne le cantique de leur corps.

Simon : « Je m'enroule au cœur de ton être, je me lie et je me lis en toi. Mon sexe est un Yod, un Kaf et un Rèch. Tes lèvres me Chin, Mèm, Hé, Tèt. »

Léa : « Sans toi, je demeure illisible, chacun de nous possède les lettres manquantes de l'autre. Il nous est demandé d'apprendre d'abord à nous lire et déchiffrer les écrits qui nous constituent avant de nous écrire et de devenir le Livre. »

Simon : « Je suis dans ta reliure, ma peau, mes paumes au cœur de tes pages. Je pénètre tes mots et tes mots me pénètrent. »

Léa : « Je voyelle tes consonnes, tu consommes mes voyelles ».

Simon : « Je t'articule et je t'épelle ma Léa. Ton nom aux sons courts et brefs m'invite à la psalmodie. Il m'enseigne les raccourcis qui mènent jusqu'à toi. Je t'hèle, je t'aile, je t'elle, je t'L : première lettre d'amour de ma Léa, ma Lamed adorée. »

La nuit tombait sur le site de Qumrân et les amants isolés au cœur de la falaise, avaient l'impression de ne plus être seuls depuis que les feux célestes irradiants le crépuscule semblaient les épier.

Simon : « Ce n'est pas nous qui regardons les étoiles mais les étoiles qui nous regardent. Platon recommandait la contemplation du ciel pour que l'harmonie du ciel descende dans l'âme. »

Léa : « Les Esséniens méditaient tournés vers le soleil comme les Zoroastriens mais sans doute recevaient-ils aussi la lumière des astres car ils travaillaient également la nuit à la transcription des manuscrits. Les rouleaux sont renforcés par cette énergie accumulée, dédoublée du jour et de la nuit. »

Simon : « La Kabbale est basée sur un même procédé de réception de la lumière divine et infinie. Elle nous enseigne comment capter et rassembler les étincelles du divin en nous mais la Kabbale ne se limite pas à l'art de recevoir la lumière de l'infini, c'est aussi l'art de donner. Notre amour est une porte qui ouvre la voie de l'union mystique telle qu'elle nous a été transmise dans le Zohar, le livre de la Splendeur, œuvre majeure et texte sacré de la littérature kabbaliste. Il est écrit dans le Zohar : « *Sur lui reposera le souffle de YHVH, souffle de sagesse et d'intelligence, souffle de conseil et de puissance, souffle de connaissance et de crainte de YHVH.* » « *De quatre souffles, viens souffle.* » Ce souffle divin et parfait se voit associé dans le Zohar au baiser sur la bouche donné au bien aimé où les deux souffles se conjuguent dans l'étreinte pour devenir quatre, du nez aux lèvres. Nous recevons et donnons l'amour de YHVH dans l'échange de nos baisers et des quatre souffles qui nous traversent. Il est présent dans l'unité retrouvée quand deux corps ne font qu'un dans l'extase, il n'y a plus ni féminin, ni masculin. La *Shekhinah* voyage d'âme à âme et de cœur à corps. C'est la présence divine, le féminin sacré de Dieu qui transmet sa force créatrice. Il complète la part manquante de l'homme en lui ajoutant du féminin. En union avec la Présence divine, la *Shekhinah,* il devient mâle et femelle, sa compagne céleste. L'union céleste célèbre le mariage de l'homme avec deux femmes : sa mère d'en haut et sa femme, épouse terrestre d'en bas. Ainsi, quand nous nous trouvons éloignés l'un de l'autre, j'emporte en moi ton féminin sacré qui ne me quitte pas et je retrouve le féminin céleste qui m'aide à répandre la paix sur terre et en moi. Les deux sont nécessaires à l'harmonie intérieure et se renforcent pour diffuser cet amour à l'extérieur. « *Place-moi comme un sceau sur ton cœur* » dit le Cantique des Cantiques. »

Léa : « Les femmes reçoivent-elles le masculin divin ? »

Simon : « Je suppose que c'est valable dans les deux sens. Et toi, que ressens-tu ? »

Léa : « Une unité qui dépasse la différence des sexes. Comme si nous étions au-delà du féminin et du masculin. L'amour mystique transcende la question du genre. »

Simon : « Retour à l'homme originel : l'*Adam Kadmon*, à la fois homme et femme. L'élément masculin, représenté par la séphirot Yesod, permet d'accéder à l'union sacrée des deux sexes. Le Yesod est le Fondement, attribut divin à l'origine de toute création. La communauté d'hommes à Qumrân ne ressentait probablement pas le manque des femmes car leurs pratiques d'extases les mettaient en communion avec l'éternel, la *Shekhinah*. Une forme de Nirvana comme l'expérimentent les bouddhistes mais aussi les grandes mystiques, ces adoratrices ferventes aux manifestations charnelles des plus explicites. L'amour n'est pas que contemplatif, il s'incarne corps et âme. Ces possédés s'offrent et s'ouvrent, pour mieux recevoir. Il se peut que l'amour d'un seul être leur paraisse bien fade à côté de cette jouissance spirituelle. Pour les kabbalistes, Dieu se réjouit quand l'homme et la femme s'aiment de tous leurs sens. Il les a créés pour qu'ils s'unissent et en partageant les désirs, il se trouve en noces divines avec eux. Il n'y a pas de séparation entre l'amour horizontal des corps couchés et l'amour vertical qui nous relie de bas en haut et de haut en bas. Bien sûr, nous sommes libres de couper ce lien ou de l'étendre et de dresser la trame terrestre du réseau de cordes afin que les fils brodés de la main céleste viennent nous tisser, s'inscrire en nous. L'innommable a besoin de nous pour lui donner voix et transmettre les attributs divins ; ceux de l'échelle des dix *séphirot* qui mènent jusqu'à lui : *sagesse, bonté, discernement, rigueur, beauté,* pour que par l'ouverture de notre *couronne* on accède à la *victoire, la majesté* et que sur ces *fondements,* nous puissions rejoindre son *royaume.* Ces dix émanations divines sont à la base de la création et lorsqu'il nous est donné de les intégrer à notre être, elles nous rapprochent du Créateur. Nous devenons ses apprentis, artisans de paix, ouvriers de miséricorde. L'échelle des *séphirot* peut servir également de passerelle entre les êtres, un pont entre nos âmes, un chemin d'élévation qui est accéléré ou facilité par la force de notre attachement amoureux. »

Léa : « Les chamanes, lorsqu'ils entrent en transe et voyagent dans le monde d'en haut, s'élèvent aussi à l'aide de symboles d'ascension : échelle, arbre, corde, montagne, tour, aigle… »

Simon : « Les termes de chaque *séphirot* peuvent servir de guide d'accession à cet état intérieur et extérieur à soi. Une connexion entre le cœur et le lieu « du mystère », la lumière primordiale *Ein Sof Or.* Ce n'est pas par l'intellect que l'on peut appréhender ces notions mais par l'esprit, la voie de l'expérience sensible et intuitive. Tu as appris à méditer à partir des 22 lettres hébraïques, tu peux aussi utiliser le matériel archéologique, les sites sacrés mais également la gamme des sons, le chant des voyelles, les noms des maîtres de sagesse : Moïse, Zarathoustra, Jésus, Bouddha… Tu peux encore ouvrir ton champ de conscience en méditant sur les quatre éléments : l'eau, la terre, l'air et le feu et dans les quatre directions, comme les chamanes d'Amérique latine. »

Léa : « Les méditations zoroastriennes, il y a 3500 ans, se faisaient à l'aide de mantras, des paroles qui éveillent les pensées ou en chantant le nom d'Ahura Mazda, littéralement : la source de sagesse. Ce Dieu unique possède six attributs qui constituent des idéaux spirituels pouvant nous mener jusqu'à lui, semblables aux dix émanations divines des *séphirot.* Zarathoustra présente les attributs d'Ahura Mazda dans ses chants sacrés, les Gathas, comme s'il s'agissait d'entités nous permettant d'accéder à leurs vertus : *la justesse, la pensée juste, la maîtrise de soi, la sérénité, l'évolution vers la perfection et l'immortalité.* Je préfère, modestement, m'ouvrir à la flamme d'une bougie ou m'adosser contre un arbre en me laissant porter par ma respiration. Toutes les méthodes se valent me semble-t-il ? »

Simon : « Je pourrais m'entraîner sur le mandala de ton nombril, le sourire de tes lèvres, les points de beauté de ton buste… chacun de tes chakras serait pareil aux échelles des *séphirot* mais certains pourraient me déconcentrer et modifier la trajectoire de mon ascension. Mon émotion, à l'instant, est surtout de me trouver avec toi à l'emplacement où ont été retrouvés les précieux manuscrits. Ce lieu représente pour moi la « *Chevira* » décrite par Louria, le kabbaliste de Safed, lorsqu'il enseignait que les étincelles divines étaient contenues dans des vases et qu'à leur brisure, elles s'étaient dispersées. Aujourd'hui, c'est toi qui rassemble et réunit les parcelles de lumière. Nous sommes couchés là où pendant plus de 2000 ans reposaient les jarres en terre cuite contenant les rouleaux manuscrits. Il me semble appartenir à ces mêmes rouleaux de peau lorsque je me love contre toi. J'ai l'impression que nos corps s'emplissent de lettres. Est-ce qu'ils s'écrivent, est-ce qu'ils se lisent ou est-ce qu'ils se parlent ? À deux, nous composons le texte, il n'est lisible que lorsque nous sommes unis car chacun de nous détient une part et a besoin de l'autre pour découvrir ce qu'Il a écrit, ce que l'union de nos âmes Lui a inspiré. »

Léa : « Ce qu'Il a inscrit est définitif ou varie ? »

Simon : « Chaque jour, une nouvelle page de sa main, mais nous restons libres de toute interprétation. Ses lettres sont comme nos chromosomes, elles s'unissent et se divisent pour donner vie. Elles inscrivent l'alphabet d'une nouvelle destinée et comme nous ne se reproduisent jamais à l'identique. Il crée de nouvelles œuvres à partir de nos alphabets respectifs. »

Léa : « Un alphabet secret, une langue oubliée que nous devons apprendre pour arriver un jour à nous déchiffrer. »

Simon : « Oui, comme l'hébreu, perdu pendant des siècles, sacralisé dans la Torah avant de redevenir une langue parlée en terre d'Israël sur toutes les lèvres. Au même moment, on ramenait à la lumière les manuscrits de Qumrân. Comme si les écrits avaient attendu le retour de la voix et du chant pour être mis à jour. Les découvertes semblent arriver à un moment bien précis suivant une logique mystérieuse et extraordinaire. Quelle chronologie suivent-elles et dans quel but ? Pourquoi t'ai-je rencontré maintenant, pourquoi la bombe atomique en pleine deuxième guerre mondiale, pourquoi chercher ce qui s'est passé avant le *Big Bang* et l'expansion de l'univers ? Les kabbalistes disaient déjà, Dieu a un corps et c'est l'univers, puis ils ajoutaient que l'univers est dans chaque homme. Donc, on peut déduire que Dieu est dans l'homme et l'homme en Dieu. »

Léa : « Je suis en toi et tu es en moi. »

Simon : « Ton ventre est ma Kabbale, Léa, il vient de l'hébreu *Qabbala* qui signifie recevoir, accueillir, réception. Il me donne accès et ouverture à la sagesse d'en haut, il me permet d'atteindre la lumière de l'infini. Ton ventre est *Tsimtsoum*, chaude rétraction, divine involution qui génère l'explosion de millions de semences créatrices dans ta matrice originelle. »

Léa : « Ce *Big Bang* kabbaliste m'a un peu fatiguée et l'involution de mon ventre me rappelle que nous n'avons rien à manger jusqu'à demain. Dormons dans la fraîcheur de ces niches de marne et demain matin, nous irons faire un bain de sel dans la mer Morte. »

Simon : *« Je dors, mais mon cœur veille, ma Bien-aimée… Le sachet de myrrhe est mon Bien-aimé pour moi. Entre mes seins il passe la nuit. »*

La mer Morte séparait les rives de Jordanie de la terre d'Israël. Une proximité qui aurait dû aider au rapprochement des deux peuples au lieu de renforcer leur inimitié et leurs craintes.

Une mer privée de vie, formant de-ci de-là des statues de sel comme dans les antiques Sodome et Gomorrhe. Nos haines pétrifiées génèrent de jolies concrétions qui ressemblent au pain de sucre. Les cristaux de sel et de sucre présentent la même apparence, sans partager la même saveur. Ils se dissolvent de façon identique en nous, se fondent, se mélangent dans notre palais. Les corps salés et sucrés de Simon et Léa flottaient à la surface d'une mer douce et onctueuse. Elle les portait, ils devenaient légers, leur conférant cette étrange sensation d'apesanteur.

Léa : « L'épaisseur de l'eau semble abolir le temps. Mes mouvements se déploient au ralenti, mes pensées aussi. Je savoure les délices de l'immobilité, le bonheur d'être figée. »

Simon : « C'est peut-être ce que l'on ressent quand on est mort et qu'on se laisse doucement porter dans l'autre monde. »

Léa : « Tu penses à *l'eau-delà* dans la mer Morte, alors que moi je retrouve des sensations originelles, mémoire du séjour dans le liquide amniotique. »

Simon : « Les deux se rejoignent ainsi que les deux liquides féminin et masculin tels qu'ils sont évoqués dans le Zohar. *Ainsi, le Saint béni soit-il pris de la neige de sous le Trône de sa gloire et cette neige se réchauffa de plusieurs manières, puis il la lança au milieu des eaux de la femme — de là nous voyons que la femme ne peut concevoir avant qu'elle ait émis des eaux et dans ces eaux un mâle verse de la neige, c'est une semence qui est plus compacte que celle de la femme, telle la neige par rapport à l'eau.* Il est écrit : *L'âme des justes rend possible la montée des eaux inférieures vers les eaux supérieures. Le désir qu'a la femelle de répandre les eaux inférieures pour qu'elles se mêlent aux eaux supérieures n'est provoqué que par les âmes des justes.* »

Léa : « Mes eaux seraient inférieures aux tiennes ? »

Simon : « Non, elles se complètent et représentent les principes actifs et passifs de la création, les forces mâles et femelles indissociables sans idée de domination de l'un sur l'autre. »

Léa : « Tu me rassures. Mon père dit toujours que Zarathoustra fut le premier à placer l'homme et la femme sur pied d'égalité et cela près de 2000 ans avant Jésus-Christ. Les temps ont bien changé même si les kabbalistes prônent l'égalité entre les deux sexes. »

Simon : « Viens sur la rive et je ferai de toi : « L'homme primordial » « L'Adam Qadmon », figure de l'Infini, union du féminin et du masculin. La sixième séphira de l'échelle de la beauté. »

Léa s'allongea sur un plateau de sel poli par les vagues. Elle s'offrit aux quatre éléments, tournée vers le soleil cependant que Simon l'enduisait de boue épaisse et noire comme de l'encre. Ses mains plongèrent dans le lit de l'eau, fouillèrent les entrailles du Golem gisant au fond de la mer Morte, pour en extraire une couche tendre et malléable qui se transformerait en écorce sous les rayons du soleil.

La jeune femme se remémora le Chant des Chants : « *Je suis noire mais belle, filles de Jérusalem… Je suis noirâtre car il m'a fixé le soleil.* »

Simon : « C'est moi qui te fixe, ma reine de Saba, mes doigts s'impriment dans ta chair pétrie de glaise et je me demande si ma contrefaçon de l'homme primordial ne fera pas surgir de son écorce une Lilith ou une Ève ? »

Léa : « Peut-être les deux ensemble ! La pauvre Lilith, on en a fait un démon femelle qui séduit les hommes et tue les enfants, tout cela parce qu'elle était un peu trop éprise de liberté et d'indépendance. Elle est souvent surnommée la prostituée, la perverse, la perfide ou la noire… Alors qu'elle précède Ève et aurait été créée selon les légendes babyloniennes à partir de la même terre qu'Adam et en même temps. Ève a dû se contenter du côté d'Adam…

Personnellement, je préfère partager une même parcelle de terrain originel et garder mon autonomie. »

La boue se durcit, Léa se pétrifiait lentement en un gisant.

Simon : « Tu es le précieux vase en terre cuite qui se brisera au premier geste maladroit. *Chevira*, encore et toujours ! Je serai là pour recueillir tes étincelles de lumière et te libérer de tes coquilles, les *Kélipot* ».

Simon grava sur le front de Léa, avec un petit morceau de bois, en lettre hébraïque, le mot *Emet* : vérité, pour donner vie à son œuvre.

Simon : « On peut tout créer à partir des lettres mais ce pouvoir magique est réservé aux justes, nous dit le livre de la création le *Sefer Yezira*. Nous devons donc nous contenter d'une création symbolique et métaphorique du Golem car je ne suis pas encore un *tzaddik*, un juste, ma tendre Léa qui se craquelle et se fendille. La blancheur de ta peau apparaît entre les failles, dans les fentes. Lueur dans la noirceur, j'aime ton éclosion. Laisse-moi t'aider à sortir de ta gangue. »

Léa : « Je mue de l'écorce terrestre. J'assiste à mon enterrement et à ma renaissance. »

Simon : « Oui, après avoir fait l'amour, nous avons fait la mort. Tu t'es couchée en elle, elle t'a enveloppée, caressée, enlacée. Ce rituel n'est pas une simulation mais une initiation à ses charmes. »

Léa : « Ce n'était pas désagréable d'être dans les bras de la mort. Je la sentais bienveillante, presque familière mais à tout moment, la force de ton amour, le contact de tes mains et le son de ta voix l'emportaient sur ses tentatives d'approche. *Mon amour a étendu sa main par l'ouverture et mes entrailles se sont émues pour lui… Car l'amour est fort comme la mort, la passion est inflexible comme le séjour des morts.* »

Simon : « Le Cantique nous accompagne, il chante pour nous et nous chantons pour lui. Parfois, il nous précède, parfois, il nous suit. Il ne nous quitte pas. C'est le Cantique qui a ramené mon Eurydice du fond de la mort mais à la différence d'Orphée j'ai pu te garder avec moi. La mort a détourné les yeux. Je suis vainqueur grâce à l'intensité de mon amour. »

Léa : « Et si maintenant, nous allions déjeuner à Safed, la ville d'Isaac Louria et des kabbalistes du 16e siècle ? Elle ne se trouve qu'à quelques heures de route. Par prudence, nous contournerons Jéricho et ferons route le long de la vallée du Jourdain jusqu'au lac de Tibériade. Ici, il commence à faire trop chaud pour rester plus longtemps et on évitera la foule de baigneurs du week-end. »

Simon : « Nous emportons les poussières de Qumrân après une nuit dans les falaises de marne. Je mets dans ma poche un petit caillou, souvenir de notre passage chez les Esséniens et nous le déposerons sur la tombe de Louria sur le versant ouest de la ville, en contrebas de la synagogue où il transmettait son enseignement. C'est grâce à son disciple Hayim Vital que nous avons une trace écrite de ses paroles d'initié. »

Léa : « À Safed, tu seras mon guide, je veux découvrir la ville et la Kabbale de Louria au travers de tes yeux et de ta sensibilité. Ce n'est pas parce que jusqu'ici je me suis surtout intéressée aux vies et aux villes souterraines que je ne peux apprécier celles qui se sont pérennisées au fil des siècles. J'écoute, alors, la mémoire des pierres, je vois les fantômes du passé déambuler dans les ruelles. »

Simon : « Si le fantôme du Ari, surnommé le lion de Safed, vient te caresser l'échine, tu me préviendras. »

Léa : « Pourquoi, tu serais jaloux ? »

Simon : « Non, je t'envierais. J'aimerais aussi sentir sa présence. »

Léa : « Mais tu es déjà pleinement habité par lui et par Abraham Aboulafia ; je les entends parler au travers de ta bouche. Tu leur redonnes souffle et vie. Ils font partie de toi et je les aime déjà sans les connaître. Comme si je les avais exhumés en fouillant tes profondeurs. Même avec toi, l'archéologue que je suis ne peut pas se retenir d'aller creuser, d'ouvrir les sarcophages ! »

Simon : « J'espère être dépositaire d'un peu de leur âme. Pour les kabbalistes, nous avons trois âmes entrelacées : *nephesh*, l'âme vitale, *roua'h*, l'esprit, *neshama*, l'âme supérieure qui correspondent à différents degrés d'élévation. Après la mort, *nephesh* quitte le corps mais veille à ses côtés, cependant que *roua'h* intercepte avec le monde d'en haut pour lui ouvrir ses portes où *neshama* peut s'y déployer et rejoindre les secrets de l'univers. Là-bas, tu ne peux percevoir que les deux premières, l'âme vitale et l'esprit car l'âme supérieure reste inaccessible. Âme-moi, mon *Ahavah*. Nous traverserons peut-être ensemble plusieurs états d'âme et états d'amour. Les kabbalistes parlent de l'amour caché, *Ahavah musteret*, qui serait l'amour des patriarches inscrit au cœur de l'âme pour nous inviter à retrouver en nous l'héritage collectif de l'amour divin. Nous pouvons nous connecter à cette source et nous laisser guider par nos ancêtres fondateurs invisibles. Nous expérimenterons le grand amour : *Ahavah Rabbah* et le petit amour : *Ahavah Zutà*. Le grand amour nous est donné d'en haut sous forme d'expérience spirituelle et émotionnelle en réponse à la bonté divine. Le petit amour part de notre cœur, de nos émotions et s'exprime dans nos prières et méditations. Il y aura l'amour que nous recevrons d'en haut et celui que nous donnerons d'en bas. C'est tout un travail car cet amour ne se limite pas à nous deux ; il se relie à ceux qui nous inspirent au-dedans de nous, aux réceptions des dons célestes du divin, aux communions entre les êtres terrestres. Tu ne pourras pas te contenter de moi, ni moi de toi. Nous apprendrons enfin à aimer le monde, *Ahavah Olam* en soi et au travers de l'autre, dans ce que nous avons d'unique et d'universel. »

Léa : « Nous sommes comme des segments, des briques sur le chemin du très-bas vers le très-haut. Des bâtisseurs d'amour, sur les ruines du Temple, sur les fragments des Tables de la Loi et des manuscrits de Qumrân. Mon cœur, lui aussi, a été fracturé et je construis aujourd'hui sur les restes d'un amour passé. Je suis encore en chantier, au-dessous de moi, les décombres de deux tours effondrées, Tours de Babel, de San Geminiano, Twin Towers, d'un amour que je croyais invincible et qui s'est effondré sur lui-même. Forts de nos egos, nous avions cru bâtir des cathédrales mais ce n'était qu'un mausolée à nos vanités. Trop attachés à nous-mêmes, au miroir de l'amour de l'autre, à nos productions par lesquelles nous nous prenions pour des créateurs. Ces tours jumelles rivalisaient en hauteur mais manquaient de fondation. Elles n'eurent même pas le temps de se lézarder, d'accuser l'érosion lorsque l'implosion dévasta leur puissante architecture. Nous n'avions pas tenté de construire ensemble, nos œuvres nous maintenaient divisés et ce n'est que dans la chute que nos débris se sont mélangés, se révélant de même facture lorsqu'ils jonchaient le sol. Cet anéantissement dévastateur m'apprit à ramper dans la boue fondatrice au côté des deux cadavres indistincts de cet amour individualiste qui croyait se suffire à lui-même. Ta Léa est encore toute fracturée et occupée à recoller les morceaux. Je n'essaie plus de me dresser, je tangue et peut-être ne serai-je plus jamais droite, comme condamnée à un cœur qui boite. Je puise maintenant au-dessous de moi, m'enracinant dans mon passé et fouillant mes décombres. Reçois mes fragments épars, mes poussières d'amour, plus vraies, plus sincères que de grands édifices. »

Simon murmura : « Petit atome deviendra grand, pourvu que Dieu lui prête vie. »

L'amoureux ne mesurait pas à quel point sa bien-aimée portait encore en elle les cendres de sa passion défunte. Rien, en effet, ne laissait apparaître du dehors, les failles, les déchirures, les béances du passé.

Léa : « Mon atome se comporte en électron libre, il tourne autour du noyau, comme s'il cherchait à délimiter le vide. La rupture m'avait projetée hors de moi, expulsée à l'extérieur de celle que je croyais connaître et que je pouvais observer en orbite comme une terre étrangère. Je réalisai enfin que dans cette union je m'étais liée à l'autre, existant pour l'autre, intriquée à lui, incorporée à son être mais niant mon essence. Cette fusion donnait l'illusion de la complémentarité et de l'unité retrouvée. Nous perdions conscience du vide et de la solitude essentielle en nous emplissant d'une forme d'amour totalitaire qui comblait les manques, envahissait l'espace intérieur, empêchant ainsi la moindre ouverture d'émerger. Ni entrée, ni sortie de ce cœur aux portes scellées n'étaient possible avant la déflagration fatale et irréversible. Maintenant, j'ai parfois l'impression que cet éclatement du cœur a laissé trop de brèches et d'ouvertures, produisant une confusion des sentiments ; des oscillations entre le désir d'aimer tout le monde et l'incapacité d'aimer à nouveau associée à la sensation d'avoir perdu l'amour à jamais. »

Simon : « Ta blessure, semblable à la *Chevira*, a sans doute entraîné une dispersion de ta lumière et même ton corps a subi des fuites d'énergie. Mes mains veulent se poser sur ton ventre et contre ton front. Est-ce que tu sens que mes mains ne prennent pas possession de toi, qu'elles donnent et s'offrent à toi ? »

Léa : « Oui, tu m'apaises. Tes mains sont des portes, des fenêtres qui me restituent un peu de cette lumière perdue. Parfois, lorsque je travaille sur les fragments des manuscrits, je m'identifie complètement à eux et au lieu de me réjouir des pièces que je réassemble, je souffre de toutes celles qui ont disparu. Ces vides, ces trous dans le texte m'obsèdent tant que j'en rêve la nuit. Je rêve que je retrouve les fragments manquants ou qu'une petite voix inconnue me souffle la parole égarée. Au réveil, je crois me souvenir des messages reçus pendant la nuit mais ceux-ci se volatilisent dès que j'ouvre les yeux. Avant ma *Chevira*, ma rupture, je n'éprouvais aucune douleur face à ces pertes, au contraire, cela avait quelque chose d'émouvant, de poétique, ces phrases inachevées, ces mots suspendus dans le vide. Ces vides ouvraient le texte, créaient des fenêtres, des yeux et donnaient une liberté au verbe en laissant l'espace aux questions. J'avais alors face à moi une feuille telle qu'elle était évoquée par Edmond Jabès « feu et œil ». Tu lis le texte et au même instant le texte lit en toi, ses yeux te regardent, t'interrogent. La lecture se transforme en double lecture, en voyage continu du livre à l'homme et de l'homme au livre. Peut-être que ces mots invisibles, absents du texte comptent plus que les fragments retrouvés. Leur âme cachée nous hante toujours pour attiser notre curiosité. Ils nous invitent à les remplir, à prendre place dans leur vacance, leur linceul. »

Simon : « Les maîtres du Talmud se sont demandé comment Moïse avait écrit la Torah ? Après d'âpres discussions, les talmudistes attribuèrent le livre à Dieu, d'une part, et à Moïse, d'autre part. En sorte que, même si Dieu dictait le texte à Moïse ou s'il était guidé par la « main de Dieu », il gardait cependant la libre initiative d'y ajouter son esprit, sa touche personnelle. Moïse était le scribe d'une écriture de feu sur le blanc du parchemin et Nahmanide nous en donne cette vision sublime du *feu noir sur feu blanc*. »

Léa : « Cette Torah amputée sur laquelle tu travailles arrive à point nommé à notre époque qui a horreur du vide. Les évangiles apocryphes de Nag Hammadi, surtout ceux de Thomas et de Judas sont aussi des dentelles autour des mots disparus. Leur mise à jour nous invite à ne plus les prendre au pied de la lettre, à nous glisser dans le lit des mots défunts, à écouter l'écho de cette absence au fond de nous, telle une révélation. Peut-être bien qu'alors nous recevrons, chacun dans l'exercice d'une méditation intérieure, les termes manquants, s'adressant tout particulièrement à nous. Grâce à leur incomplétude, chaque lecteur des manuscrits de la mer Morte et des évangiles apocryphes peut accueillir en lui un message personnalisé. Le lecteur devient auteur et créateur d'une nouvelle version des grandes écritures qui s'écrivent pour lui et en lui. En s'ouvrant à une lecture éclatée nous ouvrons la voie à une autre part de nous-même, cette part manquante et cachée qui dialogue avec notre âme. Beaucoup d'auteurs de textes sacrés de la Kabbale mais aussi les textes soufis, zoroastriens ou mystiques chrétiens pourraient être également des passeurs, des récepteurs de la voix céleste. D'autres guides n'écrivent pas mais parlent et leur bouche transmet également les paroles qui seront, elles aussi transcrites par des disciples. C'est le cas de Jésus, Socrate, Bouddha, qui, en communion avec Dieu, diffusaient sa voix. »

Simon : « Adonaï, dont le nom est indicible et imprononçable, se manifeste à ceux qui l'entendent dans le silence et le secret de son nom. Celui qui a créé le monde en le nommant veut qu'on l'écrive et qu'on le lise par le tétragramme. Il signe son œuvre de quatre lettres qui transcendent l'alphabet et transforme le nom en prière, pont d'élévation entre lui et nous, entre les mondes supérieurs et inférieurs. Les kabbalistes pratiquent des méditations mystiques, proches de l'extase en combinant les lettres du nom sacré, en vidant leur esprit pour se concentrer exclusivement sur les lettres divines. Absorbés par le ravissement que provoque cet état de contemplation du nom parfait, du *nom-dit*, certains parvenaient à accéder au don de prophétie. Le cœur pur rejoignait les niveaux suprêmes de la

Devekut, l'état le plus élevé auquel puisse parvenir l'âme sur la voie mystique. Seul l'homme vertueux peut voir les lumières célestes et lire les livres saints invisibles par ses visions intérieures. Peut-être pourrais-tu essayer de visualiser le tétragramme dans chaque espace vide des manuscrits et tenter une expérience mystique d'extase lourianique ? »

Léa : « Je pourrais aussi y projeter le nom de mon amour comme je le fais déjà par les incantations répétitives de ton nom quand tu n'es pas là. Je chante Simon, je le retourne en Monsi, je le roule en ronde concentrique et tu deviens mandala d'amour extatique. Enfin, je combine tes lettres aux miennes, j'accouple nos noms qui virevoltent joyeusement dans un fébrile kamasoutra des lettres. Je médite sur l'enchevêtrement de nos lettres, je nous anagramme pour produire de nouveaux mots, d'autres sonorités qui se répercutent en mantra au plus profond de moi. Ces vocalises m'apaisent dans mes périodes de tourments intérieurs ou m'exaltent et troublent mes sens dans mes périodes d'incandescences amoureuses. Nos lettres se métamorphosent en corps voluptueux, elles déploient leurs bras et leurs jambes en étamines conquérantes. Je hume le parfum extrait de leur encre et ma langue savoure le nectar secrété par cette union mystique. À force de contempler, tout le jour, les lettres hébraïques et araméennes des manuscrits, celles-ci finissent également par m'enivrer, s'emparer de moi. Plus je m'applique à les réunifier, ou à les déchiffrer et plus elles semblent s'autonomiser, échapper à la capture. Elles refusent de se voir attribuer un sens unique, elles préfèrent m'égarer dans leur multiplicité. Au moment où je veux les fixer, elles m'offrent soudain d'autres révélations comme si elles s'amusaient à me mettre en doute ; affirmant une chose et son contraire. »

Simon : « Les lettres sont aussi déroutantes que les photons dans nos expériences de physique quantique. Le photon que l'on projette contre une paroi semble décider de façon aléatoire s'il traverse la paroi ou s'il va rebondir contre elle. Et pourtant au terme de l'expérience, il apparaît que toute l'opération répond à une forme de commande déterminée à l'avance et organisée. Le photon, tout en gardant son libre arbitre répond néanmoins à un plan d'ensemble. Les chercheurs sont désarçonnés et n'ont aucune explication scientifique à ce processus. Ils ne comprennent pas plus le phénomène qui maintient reliés et en interaction deux photons qui ont été divisés puis séparés et placés à des kilomètres de distance l'un de l'autre. Dès que l'on modifie la structure de l'un, l'autre, instantanément répond de manière identique et reproduit cette modification sur sa propre structure. Par quel mystère restent-ils unis alors qu'on les a éloignés ? Comment échangent-ils des informations à distance ? La matière infinitésimale semble animée de conscience universelle et répondre à un vaste dessein. Elle nous montre combien nous pouvons être à la fois acteur et spectateur de la scène qui se déroule sous nos yeux. Peut-être que dans un même ordre d'idées certaines lettres seraient pré-écrites et viendraient occuper l'espace du livre qui leur est réservé. Ce serait le cas des écrits de la Torah, alors que d'autres lettres offriraient à l'homme la liberté de créer, d'innover. Savons-nous réellement à quel moment nous écrivons et quand nous sommes écrits ? Cet amour que nous éprouvons l'un pour l'autre est-il le fruit d'une combinatoire réussie, ou le fruit de notre libre choix amoureux ? Est-il le résultat d'un plan plus vaste échappant à notre entendement ? »

Léa : « Pourquoi ne répondrait-il pas aux trois possibilités conjointes ? On peut également intégrer dans notre propre rouleau de Torah nos blessures, nos ruptures, ainsi que nos petites bassesses. Tout cela nous appartient et ne disparaîtra pas. Ces particules élémentaires de mon être m'ont menée jusqu'à toi. Si les Esséniens et leurs livres n'avaient pas été menacés de destruction, ils ne se seraient pas appliqués à les recopier assidûment et à les cacher précautionneusement. Nous n'aurions pas eu ces retrouvailles, près de 2000 ans plus tard, s'ils n'avaient pas ressenti et anticipé leur disparition. Eux aussi, à force de travailler, nuit et jour, sur le texte finissaient par être possédés par l'écrit. Le recopiage minutieux, lettre par lettre, sous le soleil torride de la mer Morte ou à la lueur des bougies, produisait très probablement des états d'extase en communion étroite avec les lettres qui ouvraient d'autres chemins de conscience. Nous savons par Flavius Josèphe qu'ils prophétisaient, qu'ils composaient des hymnes chantés de toute beauté : les *hodayoth*, d'un style proche des psaumes de l'Ancien Testament. Ces hymnes ont peut-être été écrits par un grand prêtre, personnage central dans la communauté de Qumrân : *le maître de Justice* que certains ont comparé au Christ, alors qu'il n'aurait pas vécu à la même époque, plus de 50 ans les séparent selon les historiens. Ces documents retrouvés parlent d'un être divin qui s'est incarné, s'est heurté avec *l'homme de mensonge*, *le prêtre impie* qui a ordonné son châtiment et a supplicié *son corps de chair*. Ce maître de justice est appelé l'*Élu*, c'est un guide spirituel qui transmettait son enseignement à la communauté. On ignore s'il a été mis à mort ou condamné à l'exil à Damas où il aurait composé les précieux *hodayoth* et annoncé la venue du messie proche. Ce maître de Justice, *moré hassedeq,* se révèle une âme pure profondément mystique et humble. On le désigne aussi comme *l'étoile* ou *le Juste maître* et pourtant jamais on ne donne le nom de cet homme fascinant. Comme si sa tâche, sa mission avaient supplanté son identité et qu'au-delà de l'ego, il n'y avait plus de nom pour désigner la grande âme. Effacement du moi où l'homme se retire derrière ses hymnes de louanges à Dieu. J'aurais voulu apprendre à chanter ces *hodayoth* pour tenter de me rapprocher du maître de justice et encourager le travail d'humilité qui fait souvent défaut chez les archéologues. Il n'est pas rare de voir certains traducteurs s'identifier aux auteurs des textes sacrés de Zoroastre, des évangiles ou du maître de justice et d'occuper ensuite la place du maître, du prophète ou de l'évangéliste. L'immersion et la communion avec le texte peut provoquer une forme de fusion où toute distance avec l'écrit est abolie. Nous assistons alors à l'inverse d'un état d'extase amené par l'écrit où le texte s'écrit en nous mais à une capture dévorante de l'œuvre. »

Simon : « Il n'y a pas que les archéologues qui abusent les créateurs ; les religions n'ont cessé de s'approprier les paroles et les écrits des maîtres de justice pour se donner du pouvoir, trahir les textes fondateurs, ordonner persécutions, inquisition, autodafés, menaces. »

Léa : « Oui, de tous temps, on a brûlé les hommes et leurs livres sacrés mais les êtres de lumière et leurs livres ressuscitent ou se réincarnent pour poursuivre leur œuvre, achever les écrits en adoptant une autre langue, un nouveau style. »

Simon : « Les kabbalistes parlent de 36 justes disséminés, *lamed vav tzaddiqim,* de par le monde pour diffuser un même message sans aucune exclusivité prophétique. Ils œuvrent avec discrétion, sans discipline ni tribune. Aujourd'hui, les 36 justes sont peut-être 36000 ? Ces justes seraient des personnes comme les autres, cachés parmi les personnes normales sans aucun signe de reconnaissance. Leur être est imprégné par la présence du divin, la *shekhinah* et de par leur simple présence, ils parviennent à rééquilibrer et réharmoniser les zones d'ombre et de tension dans la population. Peut-être même que certains n'ont pas connaissance de ce don et que les forces de la *shekhinah* agissent malgré eux. Pourquoi attendre d'un messie la résolution des conflits et souffrances du monde alors que nous sommes tous impliqués dans le travail de *tikkoun*, aidés par des milliers de justes agissant silencieusement et clandestinement ? Avons-nous encore besoin d'un sauveur, d'un guide, comme des enfants ? N'y a-t-il pas eu déjà assez de chefs religieux, de maîtres ayant transmis l'essentiel pour que nous puissions désormais nous élever seuls vers le créateur en ouvrant les canaux de réception qui nous relient à lui ? »

Léa : « Les justes se cachent pour éviter les persécutions et les fanatiques qui pourraient en faire les gurus d'une nouvelle secte. Les porte-paroles de la fin des temps créant un climat de terreur et d'apocalypse sont légion. Ils prouvent, malheureusement, que l'homme n'est pas encore assez mûr pour se sauver lui-même et trouver le divin en lui. »

Simon : « Et nombre de gouvernants se prennent pour Dieu, en profitent pour tyranniser, imposer leur dictature avec ou sans « mission » divine. Les pires étant ceux qui agissent sous couvert de la main de Dieu. »

Après une halte au bord du lac de Tibériade pour y manger des poissons, Simon et Léa arrivèrent à Safed à la tombée de la nuit. Ils avaient convenu de garder le silence en parcourant la petite ville endormie pour mieux se mettre à l'écoute de leurs émotions intérieures. L'absence de mots donnait toute sa place à la respiration. L'entrée et la sortie du souffle rythmaient leurs pas dans les ruelles étroites de la cité juchée sur un volcan assoupi. Son vieux cœur de lave semblait battre sous les pierres en se souvenant des incandescences des kabbalistes qui s'étaient succédé dans ses murs et dont la plupart reposaient toujours dans ses flancs. On sentait flotter leur *neshamah*, la troisième âme, l'âme divine la plus parfaite, celles de Louria, de Moïse Cordovero, de Haîm Vital et de l'auteur du Zohar : Simon Bar Yochai surnommé *la lampe sainte*. La référence absolue pour tout kabbaliste. Le Zohar, le livre de la splendeur, était resté caché pendant plus de 1000 ans avant d'être recopié et adapté par Moïse de Léon au XIIIe siècle.

Simon devint le *Guide des égarés* dans Safed, il lui importait d'arriver encore à se perdre pour préserver les mystères et découvertes d'une ville qu'il croyait connaître mais qui se dérobait aux tentatives de la posséder. Insoumission de ses impasses, de ses ruelles tortueuses. Il emportait Léa dans le dédale et c'était maintenant grâce à ses yeux à elle qu'il recevait un autre regard sur ce qu'il voyait. La ville, lieu d'étude et de prières devenaient lieu d'amour, de désir. Les rues s'enchevêtraient amoureusement, elles étaient chaudes et humides. Les porches épousaient la silhouette de Léa telle une étreinte. Le couple toujours silencieux ne remuait les lèvres que pour s'échanger des baisers, les langues muettes partageaient leurs secrets de bouche à bouche.

Ils savaient que ce n'était que dans le silence et l'obscurité que l'*on voit les voix*. Elles parlaient maintenant en eux et s'accompagnaient également du chuchotement des pierres. Les synagogues guettaient leur passage dans l'espoir d'approcher les amants et bénir leur lumière. Les lieux saints, les édifices sacrés puisent dans la force de l'amour une énergie qui absorbait l'excès de souffrance. Léa et Simon n'hésitaient pas à diffuser l'intensité de leurs cœurs au-delà des corps. Ils entendaient la parole du créateur « *croissez et multipliez* » comme une injonction à répandre cet amour au-dehors de soi et au plus grand nombre. La simple reproduction est trop limitée pour contenter le créateur. La tâche de l'homme ne s'arrête pas avec la procréation.

Le couple s'achemina vers le vaste cimetière en contrebas de la synagogue ashkénaze de Louria. Les pierres blanches reflètaient l'éclat de la Lune. Leurs positions aléatoires sur le parterre d'herbes sauvages semblaient répondre aux questions des constellations. Les tombes ponctuaient le sol comme des étoiles, traits d'union entre le monde terrestre et le monde céleste. Des passerelles unissaient les tombes des maîtres, rassemblant le puzzle dispersé des kabbalistes pour perpétuer leur unification dans le monde d'en bas et dans le monde d'en haut. Les *aimants* déambulaient de l'un à l'autre et posaient de-ci de-là un petit caillou contre les dalles funéraires. Par ce contact, ils espéraient toucher une parcelle d'âme et peut-être recevoir une part infime de leur *neshamah*. Simon se demanda si par le processus du *gilgoul*, la transmigration de l'âme, on se réincarnait exclusivement dans un seul être ou si cela imprégnait un champ plus vaste de personnes. Isaac Louria pensait être la réincarnation de Simon Bar Yochai mais était-il le seul ? Et Socrate, Platon ou Zarathoustra étaient-ils revenus, ou avaient-ils achevé leur parcours d'âme ?

Le petit cimetière de Safed était sans doute le seul au monde où l'on se rassemblait jour et nuit pour prier. Les morts n'étaient jamais seuls et des bougies rappelaient la victoire de la lumière sur les ténèbres.

Léa regrettait que les religieux traditionalistes ne permettent pas l'accès des tombeaux des maîtres aux femmes. Elles devaient se tenir à l'arrière de l'édifice, séparées des hommes qui lui faisaient face. Profitant de la pénombre, elle se glissa aux côtés de Simon et personne ne la remarqua tant ils étaient absorbés par leurs prières, leurs chants et leurs balancements cadencés. La ferveur des hommes les entraîna dans leur cercle. Une atmosphère festive et mystique se dégageait de ce rassemblement à ciel ouvert. Léa éprouva une sensation de légèreté et de la joie, elle eut soudain envie de danser car les chants et psalmodies des religieux la berçaient. Elle s'empara de la main de Simon et se faufila derrière la tombe dressée de Louria. À l'insu des hassidims emportés par l'exaltation de leur foi, les communiants se faisaient face, leurs ventres, leurs bustes s'accolaient et tanguaient lentement l'un contre l'autre. Tous deux ne savaient plus de quel amour ils étaient auréolés, quelle force les attirait plus intensément que lorsqu'ils étaient deux. Était-ce une conjonction des forces d'amour terrestre et céleste ? Le chœur des religieux adorant le disparu rendait sa présence absolue et son âme se répandait en chacun à l'unisson des cœurs rassemblés.

Simon et Léa étaient transportés dans une spirale qui les emmenait au plus profond de leur être et en dehors d'eux ; grand véhicule pénétrant chaque source de lumière, depuis le corps et l'essence de l'aimé jusqu'aux sources extérieures d'amour.

Simon vivait la même expérience transcendante que Léa et il tentait de distinguer les émotions qui dépendaient de lui, de celles qui le traversaient, échappaient à son vouloir et son entendement. Le physicien se demanda s'il fallait y reconnaître une étape dans l'évolution kabbaliste ou bien une démarche parallèle dans le registre de la physique quantique. Un amour en expansion, à l'image de l'univers animé par une force invisible, celle exercée en dehors de l'attraction du corps de Léa par l'antimatière. La puissance produite par l'énergie du vide, qu'il s'agisse d'un trou noir au sein d'une galaxie ou de l'opération de *Tsimtsoum* lorsque le créateur se retire du grand Tout pour générer un vide en lui-même permettant au monde d'advenir.

Ainsi Simon éprouva un amour infini, non fini, indéfini pour Léa lorsqu'il rencontra son vide créateur. Tant le vide de son ventre qui, par le va-et-vient de son membre, reproduisait le mouvement originel de la fusion et du retrait, que le vide qui les séparait, les différenciait et créait l'altérité. La femme, par essence, comme le divin, a la capacité de concevoir l'autre en soi, d'accueillir l'homme et la vie puis de s'en séparer pour lui permettre d'exister en dehors d'elle de façon autonome et libre.

Silencieuse, la pensée parla en Simon : si Dieu est invisible, c'est précisément parce qu'il a dû se retirer dans l'espace vide et, de la même manière, le fœtus ignore qu'il est au sein de sa mère car il ne la voit pas. L'absence de Dieu est notre raison d'être, il nous cède sa place. Après l'accouchement, et la *Chevira*, l'homme primordial, l'Adam *Quadmon* reste relié à son créateur et reçoit sa lumière comme sa substance vitale.

Le silence entre Simon et Léa était également semblable à une matrice vide de mots. Les bouches creusaient, devenaient lieu de retrait, *Tsimtsoum* du verbe.

Si au commencement était le verbe et si la parole de Dieu avait créé le ciel et la terre, alors l'instant qui avait précédé la création était le silence. Un doux silence, temps d'arrêt et de suspension entre l'inspiration et l'expiration divine. Le souffle et les mots s'unissaient, se fécondaient dans l'expiration. Monde discret et silencieux des minéraux et des végétaux qui fondaient le vivant. Ils préexistaient et devançaient les paroles et la chair. Le créateur n'était pas pressé d'entendre des voix, il s'enchantait du souffle du vent, des ressacs de la mer et des grondements des volcans.

L'homme, tout bavard qu'il est, n'arrive qu'après la création de toutes les autres espèces animales. Les microbes et les insectes furent les premiers sur l'échelle. Une lente évolution où l'homme devait mériter sa place de dernier pour être le premier.

La pensée passa à Léa : pour les zoroastriens, Dieu commet des erreurs, ce qui explique que l'être humain n'est pas parfait et qu'il existe des maladies, des calamités. Il est, dès lors, du devoir de chaque homme sur terre de contribuer à réparer les maladresses de Dieu. Les kabbalistes pensent que Dieu a créé le bien et le mal, sans pour autant considérer qu'il a fait des erreurs que l'homme doit corriger. Nous sommes coauteurs de la brisure et de l'exil de la *Shekhinah*, c'est pourquoi notre mission de réparation, le *Tikkoun*, tout en se rapprochant des concepts du zoroastrisme de responsabilité dans l'œuvre de restauration d'un monde parfait, se distingue dans son application. On ne combat pas le mal par le mal, mais à l'aide de la lumière et de l'amour.

Que de chefs-d'œuvre demeurent inachevés ! L'artiste a-t-il choisi de se retirer sans terminer sa toile ou son œuvre ? Pergolèse meurt quelques jours après avoir achevé le Stabat Mater à 26 ans mais Mozart disparaît avant la fin du Requiem. Jusqu'où la restauration, la réparation quand nous intervenons sur l'œuvre d'un autre ? Si l'on n'ajoute pas de nouveaux bras à la Vénus de Milo, si l'on s'émeut de l'effacement d'une fresque qui donne à voir l'image souvent saisissante de l'impermanence, de la disparition des traits, d'une brisure qui redessine un corps aussi majestueusement qu'une esquisse, comment reconnaître ce qui doit être réparé ou ce qui doit nous tendre ses brèches, ses failles, ses manques comme autant d'espaces vides préservant le mystère, le retrait, la question sans réponse ?

Léa se réjouissait tant de la présence d'un fragment à ajouter au vaste puzzle des manuscrits de la mer Morte que des vides qui parsemaient le parchemin. C'est par ces ouvertures, qui comme des yeux regardent au revers des mots et des lettres, que Léa tentait de percer le secret des textes. Elles constituaient des issues dans l'enceinte du livre qui voulait capturer les écritures, les enfermer dans les liens serrés d'un rouleau.

Les pensées de Léa s'accordaient avec celles de Simon au Rabbi Nahman de Braslav refusant que les paroles soient prisonnières des livres. Il avait choisi la position radicale de brûler les livres afin d'empêcher l'enfermement dans un texte car le juste et la parole sacrée devaient demeurer cachés pour qu'on continue de les chercher. Comme la nudité d'une femme trop offerte pourrait éteindre le désir, le texte des Saintes Écritures devait préserver une part d'invisibilité et d'inaccessible.

Par respect pour le silence des bouches, Simon et Léa décidèrent de ne pas consommer de viande, palimpseste des cris des animaux morts. Ils apaisèrent leur faim en mangeant une grande variété de fruits.

Ils choisirent un hôtel au charme discret avec vue sur la synagogue de Louria. La petite chambre au grand lit invita au banquet. Les corps devinrent tables. Le ventre de Léa était parsemé de myrtilles, de framboises, de fraises et de cassis. Celui de Simon d'abricots, de figues, de bananes, d'amandes et de noisettes. On dîna à la table de l'un ou de l'autre car toutes les saveurs s'unissaient en macédoine.

« *Tel un pommier parmi les arbres de la forêt, tel est mon Bien-Aimé parmi les jeunes hommes.*

À son ombre j'ai désiré m'asseoir, et son fruit est doux à mon palais »

« *Que tu es belle et que tu es gracieuse.*

Amour, en toutes tes délices !

Ta taille ressemble au palmier et tes seins à des grappes.

J'ai dit : je monterai sur le palmier, j'en saisirai les branches !

Que tes seins soient comme les grappes de la vigne et ton haleine comme l'odeur des pommiers ! »

Seul le Cantique des Cantiques interrompait leur silence. Simon récitait le chant des chants du Roi Salomon qui évoquaient les fruits de chair.

« *Tes lèvres sont comme un fil d'écarlate et ta bouche est jolie.*

Tes tempes, sous ton voile
sont de morceaux de grenade. »

« *Tu es un jardin fermé, ma Sœur, mon Épouse, une source close, une fontaine scellée.*

Tes plantations sont un jardin de grenadiers avec des fruits délicieux, des cyprès et des nards. »

« *Dès le matin, nous irons aux vignes.*

Nous verrons si les vignes bourgeonnent,

si les jeunes pousses s'ouvrent,
si les grenadiers fleurissent.
Là je te donnerai mon amour.
Les mandragores exhalent leur parfum,
et nous avons à nos portes toutes sortes de fruits exquis,
des nouveaux et aussi des anciens.
Mon Bien-Aimé, je les ai gardés pour toi ! »

La peau de Léa se colorait à la palette des fruits libérant leurs jus. Les myrtilles déposaient une encre bleue inventant de nouvelles calligraphies ; les cerises et les framboises devenaient aquarelle sur ses seins. La langue de Simon hésitait entre l'admiration de l'œuvre et la dégustation qui signerait sa disparition. Il ne résista pas longtemps à la seconde proposition. Récidive de la scène originelle du fruit défendu. Chacun des fruits tentateurs ne les chassait plus du paradis mais les y ramenait. Il n'y avait plus de péché, ni de faute. Ils n'avaient pas pris les fruits de l'arbre, ils s'étaient offerts aux fruits. Ils étaient devenus l'arbre portant les fruits. Leur amour arborait tous les fruits.

Léa cita les paroles de Jésus : « *Je suis le pain et le vin. Qui mangera de ma chair et boira de mon sang n'aura plus jamais soif ni faim.* » « *Qui mange ma chair et boit mon sang demeure en moi et moi en lui.* » Nietzsche parlait du « corps spiritualisé » et de « pensées du corps ». Il voulait peut-être dire que notre corps ne se contente pas de nourriture terrestre. L'état amoureux coupe la faim ; les amants du Cantique des Cantiques sont rassasiés de leur amour. Un état de plénitude proche de l'extase où je demeure en toi et toi en moi. »

Les paroles du Christ les avaient sortis du silence. Léa ne pouvait taire ce moment de communion si proche de celui rapporté dans l'Évangile de Jean. Cette dernière Cène que Jésus partagea avec ses disciples devenait aussi pour Léa et Simon la première scène où ils se nourrissaient du corps et du cœur de l'aimé nappés de fruits.

Simon : « À Pessah, nous mangeons du pain azyme ; les matzots en souvenir de la manne dans le désert. Cette nourriture tombée du ciel, la manne veut dire « qu'est-ce que c'est ? » Elle nous soumet à la question. Le juif ne se nourrit pas que de pain mais aussi de questions et ces questions ne tarissent jamais la faim du mystère divin. Le ventre est rassasié mais le questionnement reste sans fin. Yahvé veut qu'on garde sa faim de lui. Toi aussi Léa, tu es ma manne, tu es ma question. La parole « mystique » vient du mot mutique. La bouche vide, celle qui se tait et se prive de nourriture mais qui savoure d'autres mots, d'autres mets. Elle est en réception et par cette ouverture, elle donne aussi ce qu'elle n'a pas. Elle transmet, dans le retrait de soi. La question ramène le vide dans le discours et prolonge le mystère, elle ouvre le débat. Du vide kabbaliste du *Tsimtsoum* de Louria au vide de la manne et des mystiques, on accède au vide quantique et à l'antimatière. Comment pouvons-nous, après avoir fait l'expérience de la plénitude de l'amour, expérimenter le vide ? »

Léa : « En passant du visible à l'invisible. En nous aimant à distance, dans l'ombre et le retrait. »

Simon : « Nous devons donc nous séparer et tenter de préserver la dimension du vide sans le remplir d'occupations ou de pensées qui chercheraient à combler les manques. »

Léa : « Aucune fuite dans le plein de la matière, ni livres, ni sons, ni images pour s'échapper du vide. Nous avons le choix entre le désert ou la montagne. Après avoir passé deux jours ensemble, nous pourrions passer 48 heures habités par l'absence et espérer nous ouvrir à la plénitude du rien. »

Simon : « Les kabbalistes de Safed se retiraient dans la montagne pour prier de nuit dans la grotte de Méron où Rabbi Bar Yochaï s'était réfugié avec son fils pour échapper à la condamnation à mort prononcée par l'empereur Hadrien en 138, durant 13 années. C'est durant ces années de réclusion qu'il reçut le texte du Zohar pendant ses temps de prières et de méditations guidées par les visions du prophète Élie. Ce noyau principal du livre du Zohar fut redécouvert au 13e siècle par Moïse de Leone et complété pour constituer le roman mystique et métaphysique arrivé jusqu'à nous. C'est dans le dénuement le plus total, l'aridité, la faim et l'isolement que la révélation du Zohar est surgie dans le cœur de Bar Yochaï. »

Léa : « Zarathoustra est également resté 10 ans dans une grotte des montagnes d'Afghanistan. Il ne devait ni fuir, ni se cacher d'un ennemi mais voulait s'extraire d'une condition familiale très aisée pour favoriser la rencontre spirituelle avec Ahura Mazda qui dans sa retraite mystique lui a adressé les 17 chants sacrés des Gathas. Eux aussi sont restés longtemps cachés, plus de 1000 ans avant de réapparaître au 19e siècle grâce à la traduction d'Anquetil Dupeyron. Les zoroastriens, après l'invasion arabe de la Perse en 700 se sont réfugiés en Inde. Le chant des Gathas, au fil des siècles, avait été mémorisé par les Parsis et recopié en sanscrit mais ils oublièrent peu à peu leur langue d'origine ainsi que la signification des chants sacrés. Comme il est étrange de remarquer que le Zohar, les Gathas, les manuscrits de la mer Morte et les évangiles de Nag Hammadi ont subi le même sort. Chaque fois, ces textes saints ont été écrits dans des lieux retirés, montagnes ou déserts, pour ensuite être cachés afin de les préserver d'une destruction. Enfin, ils se révèlent à nous, à près de 2000 ans d'intervalle. Les retrouvailles avec ces écrits sacrés sont comme des épousailles où la mariée ne se donne pas totalement. Une part de la bien-aimée demeure invisible et inaccessible. Le texte altéré par le temps demeure à jamais présent et absent, révélé et secret comme s'il nous invitait à retourner au désert ou dans la grotte si on espère compléter le texte caché. Là encore, tout n'est pas restitué, pour qu'on continue à chercher. »

Simon : « Moi aussi, je veux continuer à te chercher. De même que l'univers ne nous montre que 5% de ce qui existe et que 95% reste invisible à nos télescopes. Aujourd'hui, les astrophysiciens se tournent vers l'étude des principaux constituants de l'invisible, la matière sombre responsable de l'attraction des corps et l'énergie sombre qui exerce une force de répulsion entre les corps. Il n'y a pas que l'invisible du cosmos qui nous fascine mais également l'invisible de l'infiniment petit du monde quantique qui nous confronte au vide, un vide animé et énergétique. C'est ce qui fait dire aux physiciens qu'au commencement n'était pas la matière mais le vide. Ma Léa, je t'ai cherchée dans le visible, dans les ouvertures et les cloisons de ton corps, il me faut maintenant te chercher dans l'antimatière, dans les ténèbres de la matière sombre et les tentations de son pouvoir d'attraction. Je serai tourmenté par l'énergie sombre exerçant sa force répulsive parce qu'elle m'éloignera de toi. La petite grotte de Méron me semble le lieu le plus approprié pour vivre et expérimenter cette inflation du cœur. »

Léa : « Moi, j'irai dans le désert. Tu préfères les hauteurs, je choisis la terre et le sable. Je serai dans mes éléments. Nous verrons bien si, en nous privant des moyens de communication, nous arriverons quand même à rester reliés. Est-ce qu'en quelques jours d'union intense et étroite on dresse déjà le lieu qui abolit l'espace et le temps ? »

Simon : « Nous devrions tenir un journal intime qui collecterait nos perceptions et émotions du moment. »

Léa : « Tu ne crois pas que la tentative de contrôle de ce que nous ressentons risquerait de fausser ou de modifier nos sensations ? J'ai peur de réduire ce champ de nos relations à une analyse de laboratoire. »

Simon : « Tu as raison, l'écrit perturbe l'épreuve du vide et de l'invisible. Nous devons nous contenter de nous-mêmes comme lieu d'inscription et c'est une démarche assez inhabituelle pour le scientifique que je suis. Mon corps préfère aussi s'inscrire en toi et j'appréhende sans doute de te perdre pendant deux jours. »

Léa : « Rassure-toi, tu me perds pour mieux me retrouver. La distance s'abolit quand les âmes se touchent. L'un de nous pourra même guider l'autre s'il s'égare. C'est ainsi que les chamanes partent chasser plusieurs jours loin du village et malgré tout restent en contact avec leurs proches. Ils sentent les événements majeurs qui surviennent, comme une naissance, la maladie ou un décès. Ils sont en résonance avec la nature et possèdent une connaissance intuitive des directions, des plantes médicinales, de la localisation du gibier. Nous avons perdu ces capacités mais elles peuvent revenir avec de l'entraînement et par l'osmose avec l'univers environnant. Cette séparation que nous allons vivre est en quelque sorte la première étape pour retrouver ces dons extraordinaires de connexion entre les êtres et l'accès à l'unité. »

Simon : « Quand je voyage dans l'Univers et me promène d'une galaxie à l'autre, ces dimensions immenses, ces milliards d'années-lumière me semblent parfois si proches. Je ne ressens plus de séparation comme si nous appartenions à une même famille, une origine commune, l'étincelle divine créatrice. Les kabbalistes disent qu'en s'ouvrant au vide ultime, au-delà de toute limite, ils parviennent à rejoindre *Ein sof or*, la lumière illimitée, l'infini. Ils pratiquent pour cela des exercices spirituels qui aident à entrer en soi et à sortir de soi. Nous avons expérimenté ensemble les méditations d'Abraham Aboulafia à partir des 22 lettres hébraïques. Comment orienter la voie de la méditation pour qu'elle me mène à toi et pas dans l'infini céleste qui m'est si familier ? Imagine qu'au lieu de me sentir proche de toi, je quitte cette terre et j'accentue notre séparation. Est-ce ma crainte des liens, de l'attachement qui me propulse si loin de l'attraction terrestre ? »

Léa : « Ces derniers jours passés ensemble, il ne m'a pas semblé que tu craignais l'attachement ou que les forces répulsives de l'énergie sombre agissaient entre nous. Est-ce que cela se passe sur un autre niveau et que celui-ci ne me serait pas perceptible ? Dans le monde quantique de Simon ? »

Simon : « Peut-être qu'à la manière du photon, j'échappe à toute capture ou mesure. Je suis à la fois là et pas là, acteur et spectateur de ma vie, me sentant dans le réel et dans l'illusion. C'est très déconcertant et je ne voudrais pas que cela altère nos relations. »

Léa : « Pourquoi l'amour disparaîtrait-il dans le monde quantique ? J'ai plutôt l'impression qu'il est tout-puissant dans cette dimension subatomique puisque la matière ne gouverne plus et que la pensée est souveraine. »

Simon : « C'est ce que nous allons vivre et ressentir pendant cet éloignement momentané. Je te chercherai à partir des traces que tu as laissées en moi. J'aurai mes points de repères en retrouvant les sensations exquises éprouvées du fond de mon être. »

Léa : « Après l'abondance des sens, nous pourrions nous confronter aux privations et accompagner notre retraite solitaire d'un jeûne. En supprimant la nourriture, nous développons nos perceptions. »

Simon : « Bien sûr, je n'emporterai que de l'eau dans mon ermitage et nous commençons dès maintenant à jeûner. Tu m'as rassasié et je n'ai pas faim. »

Simon et Léa s'enlacèrent intensément avant de prendre la route, lui, de l'ascension du mont Méron, elle, la descente vers le désert de Samarie. Léa connaissait un monastère qui pouvait l'héberger. Ils n'avaient rien emporté avec eux et pourtant, il leur semblait partir comblés, comme emplis de nouveaux constituants qui leur donnaient du poids. Ils se sentaient plus forts, pleins d'assurance et de joie. L'impression commune que leur nature profonde s'était modifiée, qu'ils n'étaient plus un mais deux ou plutôt qu'ils étaient deux en un.

Simon gravit les pentes sous un soleil torride et ne sentait ni l'effort ni la fatigue. Léa marcha le long d'un sentier rocailleux dans un vaste paysage aride sans ralentir sa marche.

Tous deux avaient conscience que cette séparation consentie serait rituelle et initiatique. Ils provoquaient la perte, telle la brisure de la *Chevira*, en espérant préserver leur feu, réunir les étincelles dispersées.

La grotte de Méron où Bar Yochaï avait vécu tant d'années de réclusion était devenue un lieu de prière tant de jour que de nuit. Simon savait qu'il lui serait impossible de dormir, mais cette perspective de veille le réjouissait. Il dédia ses nuits sans sommeil à Léa et ne craignait pas l'épuisement. Les bougies éclairaient la grotte et animaient les ombres. L'émotion était toujours bouleversante de revenir dans ce lieu d'inspiration et de création du Zohar. Il aurait voulu emmener Léa avec lui car l'énergie de la grotte était très puissante ; elle rassemblait la ferveur des kabbalistes qui s'y étaient retrouvés durant tant de siècles. Quelques-uns, en ce jour, reconnaissaient Simon et lui faisaient un petit signe de tête pour ne pas troubler l'atmosphère de recueillement et de méditation. Il prit place à même le sol en posant un coussin contre la pierre et invita aussitôt Léa à siéger en lui. Il s'ouvrit pour la recevoir et, peu à peu, elle s'insinua dans tout son corps, s'introduisant pas ses yeux, ses narines, sa bouche, ses oreilles, mais aussi depuis son ventre, ses pieds, son sexe. Sa présence devint chaude et vibrante. Elle glissa du dedans de son être au dehors et le recouvrit comme un habit de peau protecteur. Cette perception d'une femme interne et externe, l'une superposée à l'autre, dédoublée l'amena à un état de complétude et d'indifférenciation. Simon devint contenant de Léa et contenu dans Léa. Il n'avait jamais été traversé dans ses deux dimensions. Léa devint la consistance de son être, épousant sa chair par-dessus et par-dessous. Le vide environnant était saturé de Léa, la grotte elle-même se confondait avec sa présence vibrante. Simon demeura immobile pour ne rien perdre des caresses intérieures qu'elle lui prodiguait, et celles sur ses pourtours se déployaient jusqu'aux parois de la grotte pour accroître la surface de l'étreinte.

Léa le menait à l'extase, Simon accédait à une communion transcendante laissant entrevoir la divine *Shekinah*, le féminin sacré de Dieu. Il vivait l'union mystique décrite dans le Zohar, lorsque les amants s'abandonnent à l'amour et rejoignent le créateur.

Simon s'étonnait de parvenir seul à cette conjonction des cœurs et des corps qui mène à l'amour illimité, infini de Dieu. Une expérience intégrative qui unifie ce qui est séparé et conduit à l'Unité. Était-ce une dissolution ou une fusion de son être dans l'unique ? Le féminin se révélait en lui mais sans la disparition du masculin, dans la plus parfaite complémentarité.

Au sortir de cette expérience de plénitude, Simon voulut la reconduire, mais cette fois il sentit battre le cœur de la grotte et ses pensées furent déportées dans la matière minérale. La roche pulsait sa matière en fusion parcourue d'explosion gazeuse. Il baignait dans ce chaudron bouillonnant, assimilé au liquide incandescent et pénétrait la lumière.

Simon devint la source lumineuse mais celle-ci ne cessait de s'intensifier et de s'accroître. Il ne parvint plus à contenir cette densité de lumière. Elle fractura son être en milliards d'étincelles diffusées alentour.

Cette dispersion lui était très douloureuse et il cherchait par tous les moyens à les rassembler, les réunir pour les réintégrer en lui. Des êtres d'amour lui restituaient la lumière et Simon s'apaisait mais surgissaient aussi des êtres de l'ombre qui éteignaient toutes lueurs et répandaient les ténèbres.

La plupart dispensaient une flamme vacillante qui se confondait de jour avec la clarté et de nuit avec l'obscurité. Ainsi, ils demeuraient ignorants de ce qui pourrait les éclairer. Simon tentait de les rapprocher d'une source lumineuse mais les uns reculaient et les autres semblaient ne pas la voir. Il se désespérait de ne point parvenir à transformer le regard des autres. C'est alors qu'il vit Léa sous un halo scintillant. Elle lui dit : « Simon, change ton regard, ouvre ton cœur et ils se transformeront. Ils ne font que refléter tes ombres et ta noirceur. Je suis dans la lumière parce que je reflète celle que tu m'envoies. »

Aussitôt Simon réintégra la grotte et il ouvrit les yeux vers les bougies dont les flammes dansaient emportées par la valse des souffles des méditants.

Il avait perdu la notion du temps et ignorait depuis combien de temps il était emporté dans ces voyages hors de la conscience ordinaire. L'intérieur de la grotte ne permettait pas de se repérer avec la lumière du jour. Simon glissait peu à peu dans l'intemporel et échappait ainsi aux rythmes nocturnes et diurnes qui auraient pu contraindre son corps. Il lui semblait qu'il redoublait d'énergie et de vigilance.

L'enchevêtrement de son être avec celui de Léa ne lui avait demandé aucun effort de concentration. Il n'avait pas dû quitter son corps pour la rejoindre, ni visualiser l'endroit où elle se trouvait. Tout était déjà en lui, la femme l'habitait comme si elle avait toujours été là. Cette présence le précédait peut-être et Léa l'attendait déjà avant toute rencontre. Ainsi en est-il peut-être de toutes les personnes de notre vie ? Elles s'élaborent à la façon du *Tsimtsoum*, dans le retrait de notre essence, en reliant les champs de conscience séparés et qui se cherchent. Faut-il rétablir les connexions ? Produisons-nous nos accords mais également nos désaccords ? Pourquoi les polarités positives de l'amour se renversent-elles si souvent en négativité et en haine ?

Au même instant, Léa, dans sa cellule du monastère élaborait pareilles interrogations. Elle ignorait que ses questions apparaissaient également dans les pensées de Simon. Il est étrange qu'on souffle à l'oreille les questions et non les réponses. Le silence de ce lieu de quiétude favorisait un retour au vide qui trouvait sa force dans les questions et les doutes. Léa s'appropriait le principe d'incertitude de la physique quantique dont lui avait parlé Simon. Une loi d'indétermination permet aux photons d'être ou ne pas être, assurant que toute réponse est à la fois vraie et fausse. On ne se débarrasse donc jamais de la question. Simon, dans son esprit, était à la fois présent et absent, réalité et illusion. Dans sa disparition, elle ressentait intensément son amour.

Léa réactualisait l'amour perdu. En archéologue, elle fouilla ses souvenirs, rassembla les instants passés avec Simon et réunit les éléments archivés dans sa mémoire. Elle juxtaposa les images de leur rencontre même si celles-ci ne s'étaient pas déroulées aux mêmes moments. Ainsi, elle reconstitua le Simon de ses perceptions comme s'il jaillissait d'elle. Il devint une mosaïque amoureuse, un vitrail traversé par sa lumière quand elle projeta la scène du baiser dans les rues de Safed, celui dans les grottes de Marne de Qumrân, les corps dansants sous les galaxies de l'observatoire, les étreintes cachées derrière la tombe de Louria, les caresses de boue de la mer Morte, les saveurs des fruits dégustés à même la peau, les doigts dessinant les lettres hébraïques… Les souvenirs étaient des empreintes charnelles qui l'aidaient à dérouler le film des joies partagées.

Lorsqu'elle travaillait sur les fragments des manuscrits, au terme d'une journée, ceux-ci ne disparaissaient pas de sa vue et réapparaissaient parfois dans ses rêves ou durant ses soirées. Ce qui lui permettait de temps à autre de trouver la clé d'un assemblage qui n'était pas encore apparu dans son esprit. Les fragments gravitaient dans ses pensées jusqu'au moment où ils se trouvaient à la bonne place dans le texte. Les textes amputés souffraient tant qu'elle n'opérait pas cette suture qui les réanimait. Il lui semblait également que la séparation décidée avec Simon avait déchiré l'amant en mille fragments épars et que son plaisir, dans l'éloignement et la brisure résidait dans cette reconstitution patiente de son amour. Elle l'aimait dans l'infiniment petit, il l'adorait dans l'infiniment grand. De part et d'autre, ils savouraient l'inachèvement de leur mission.

Le retour en arrière dans le temps n'amenait pas Léa vers le passé. Elle le revivait au présent et, curieusement, ces retrouvailles antérieures devenaient le support de visions futures. Pour elle, toute trace passée portait en elle une parcelle du futur. Elle pressentit combien les découvertes des textes de Qumrân mais également les évangiles apocryphes de Nag Hammadi ou les Gathas de Zarathoustra échappaient à toute temporalité. Ils s'inscrivaient dans un cycle qui appelait leur retour mais surtout annonçait la force de leurs messages prédictifs ou prophétiques. Simon parlait du Zohar comme d'un livre qui rassemblait le passé et le futur, ouvrant les portes du mystère de nos origines et de notre finitude. Le Zohar désarçonnait le lecteur par ses énigmes et ses révélations. Il procurait chez le lecteur le chaos et l'harmonie, le vide et le plein. Il provoquait et accélérait l'ouverture du cœur, trait d'union entre les êtres, point d'ancrage pour s'élancer vers la transcendance du divin.

Les livres sacrés sont nécessaires aux êtres qui ont perdu le lien avec l'altérité et ont besoin d'outils d'apprentissage pour retrouver le chemin. De nombreux justes sur la terre peuvent se passer des livres et de l'étude des textes car ils restent reliés à la source. Ils reçoivent la sagesse et l'enseignement sans intermédiaires, par la voie d'un cœur pur.

La jeune femme, qui avait décidé de n'emporter aucun livre pendant son séjour au monastère, sentait déjà, après quelques heures privée d'écriture, combien elle se trouvait vulnérable sans ce support. Léa n'avait pas la même facilité que Simon pour voyager au-dedans et au-dehors d'elle. Elle s'était toujours aidée de traces manuscrites, d'objets de culte, d'idoles ou de petits fétiches. La voici fixant des yeux la fenêtre étroite qui délimitait l'immensité désertique. Elle était attirée par l'impression de paix et de sérénité que lui offrait le désert. Léa se couvrit d'un grand chapeau de paille pour se protéger du soleil, elle enfila une tunique de lin, des sandales et quitta le monastère pour méditer à la tombée du jour. Elle emporta juste une réserve d'eau, des lunettes de soleil, une natte à poser contre le sable brûlant.

La lumière était intense et suscita très vite en elle une impression de clarté. Léa dessina sur le sable le *Tsérouf* d'Aboulafia du bout des doigts. La roue de méditation comprenant les 22 lettres hébraïques disposées en cercle que lui avait enseigné Simon. Elle avait besoin de ce mandala pour renouer avec les rites des kabbalistes et se rapprocher de Simon. Le geste du doigt contre le sable lui rappelait le doigt de Moïse qui rejoignait celui du créateur de Michel-Ange. Alors qu'eux tendaient leurs doigts vers le ciel, Léa pointait le sol.

Léa s'assit au cœur du cercle que constituaient les 22 lettres. En reliant chacune des lettres à toutes les autres, elle obtint 231 portes d'accès à la sagesse supérieure. En méditant au centre des interactions entre les lettres, elle emprunta toutes les portes d'ouverture de la conscience. Léa voyagea dans la spirale ascensionnelle des lettres en les accouplant deux par deux. Le cadran concentrique sembla rouler sur l'axe de Léa quand elle convoqua deux lettres à leur union sacrée. Les noces des 231 couples formèrent une vrille qui tantôt enfonçait Léa jusqu'au centre de la terre, tantôt l'emportait hors du champ terrestre. Les combinaisons innombrables de l'alphabet lui ouvraient les voies de la Torah comme s'il lui était donné de convoquer chaque lettre du livre saint en une foule immense déployée devant elle.

Léa ressentit ce peuple de lettres dans son unité et sa diversité, elle observa le réseau de liens qui se tissait entre elles pour former très vite des mots, des phrases, l'ordonnance d'un texte. Les lettres se plaisaient à se chercher, se trouver, s'assembler. Elles disposaient de toute l'étendue du désert et de la voûte céleste pour s'exprimer, s'imprimer, danser, s'accoupler. Léa ouvrait à présent les neuf portes de son corps aux lettres ; les voici qui pénétraient ses yeux, s'insinuaient par ses oreilles, sa bouche, son nez et ses deux ouvertures cachées et secrètes dont chaque lettre possédait les clés. Elles écrivaient au-dedans de Léa, sous la peau, contre ses organes, se faufilaient dans les veines, les artères, les capillaires pour que son espace intérieur endosse l'écriture.

L'ADN de Léa fusionna avec l'alphabet de Dieu comme si sa matrice portait le rouleau de Torah, né du verbe et de la chair, indissociable union du créateur et de sa créature qui donne naissance au livre. Les chromosomes épousaient les calligraphies des lettres et bâtissaient un temple dans le cœur de Léa. Elle ouvrit son édifice à Simon et l'homme se posa dans la doublure de son être. Léa entendait maintenant avec les oreilles de Simon, voyait au travers de ses yeux, touchait avec ses mains et ses doigts. Elle parlait avec sa langue, goûtait les baisers qu'il donnait de sa bouche au revers de ses lèvres et respirait son odeur par le souffle qui traversait ses narines. Les cinq sens de Léa rencontraient ceux de Simon, se dédoublaient pour amplifier les perceptions. Ainsi, les sons devenaient non pas plus forts mais plus intenses et affinés. Sa vision s'éclaira et elle put discerner les beautés de l'infiniment petit ou de infiniment grand, invisible à l'œil nu. Son toucher multiplia l'espace des caresses et diffusa un plaisir extrême procuré tant par le don que par la réception. Les parfums et les saveurs assuraient une délectation continue.

Léa se trouvait dans le vide du désert et pourtant son corps lui procurait des sensations exquises. La voix de Simon résonnait en elle et chantait les lettres. Elle sentait qu'il sortait d'elle pour entrer dans chacune des lettres du cercle, traçant des diagonales qui la traversaient en passant d'une lettre à l'autre. En empruntant les 231 portes, Simon créait de nouvelles ouvertures chez Léa, il manœuvrait les lettres comme s'il affûtait leurs lames pour qu'elles transpercent bien leur cible. Un chemin de lumière se dessinait peu à peu au travers des orifices formés. Une nouvelle écriture se formait dans le vide des entailles, paroles du retrait et des silences. Léa voyait, dans sa chair dentelée, les fragmentations de la matière, les découpes incisives du temps sur les manuscrits de la mer Morte. Elle s'effritait, s'éparpillait dans le vent, se mêlait au sable et à la poussière. Simon récoltait ses fragments, reconstituait toutes les pièces de sa bien-aimée en suivant le schéma des dix *Séphirot*. De *Kether* à *Malkout*, il complétait son œuvre, consolidait l'essence de Léa en unissant toutes les parties de son être aux dix attributs divins, chargés d'énergie créatrice. La femme devint arbre séphirotique, s'enracina dans l'arbre de vie qui la portait, la soutenait et déployait ses membres supérieurs vers le ciel, ses membres inférieurs dans la terre nourricière. Les Séphirot accéléraient sa croissance spirituelle. Léa incorporait l'arbre de la connaissance du bien et du mal, revisitait toutes ses expériences terrestres, elle revoyait ses actions passées en pleine conscience et responsabilité de paroles, actes, pensées justes ou néfastes. Elle ressentit l'étroitesse de l'écorce qui l'enserrait encore dans des liens passés. Simon l'aidait à se libérer des *kélipot* qui freinaient son renouvellement, enfermaient sa *neshama* dans le monde terrestre et matériel. Telle une chrysalide emmaillotant le corps de Léa, les *kélipot* retardaient sa métamorphose mais la jeune femme jusqu'ici ne les voyaient pas, ne les sentait pas. Elle endossait ces écorces, pensant que celles-ci faisaient partie d'elle et que la gêne qu'elles occasionnaient dans son existence créait peu à peu une accommodation aux désagréments. Habituée à ce mal-être insidieux, Léa n'imaginait pas que l'on puisse vivre sans, comme si elle ne voulait pas lâcher l'inconfort du connu. En maintenant les attaches du passé, elle développait des racines souterraines et négligeait l'ouverture d'une couronne céleste. Simon qui était apparu dans ses visions pour guider sa transformation se retira, s'effaça pour la laisser seule face à ses choix.

Léa revit dans ses pensées les manuscrits de Qumrân et les textes révélèrent soudain de nouveaux sens, exprimant à Léa combien sa vision se trouvait jusqu'ici très fragmentée. Elle reçut une grande variété de significations comme si précisément la fragmentation des livres avait libéré le texte d'une interprétation littérale et figée. Les mots n'étaient plus prisonniers de la page, ils flottaient dans l'espace infini attirés par la lumière. Les étincelles de lumière dispersées lors de la brisure des vases chargeaient les mots, les lettres éparses d'une énergie pure et parfaite. Léa récoltait ces parcelles d'éternité unissant les particules du passé aux mémoires du futur. Elle sentit que son corps se dépouillait des enveloppes de vies passées et elle créa son propre rituel d'ensevelissement des strates d'âmes éteintes. En enfouissant dans le sol ses parties mortes, elle rendit à la terre sa nourriture immatérielle.

La terre accueille les morts, les embrasse et les dévore, mais elle reçoit aussi les symboles de nos sacrifices. Elle digère et recycle nos chagrins. Ses graines germent arrosées par nos pleurs. Léa remercia la grâce de la Terre-mère qui l'aidait à évacuer les scories du temps qui masquait la face de son cœur.

Elle se coucha sur le sable pour que son cœur s'harmonise à la fréquence terrestre. En entrant doucement en résonance avec la terre, Léa n'était plus maîtresse des battements de son cœur car ceux-ci répondaient aux frappes que lui adressait l'énergie terrestre.

Le cœur de Léa devint la membrane d'un tambour recevant les percussions souterraines. Elle s'abandonna aux vibrations intenses qui faisaient désormais battre son cœur au dehors d'elle comme si elle avait perdu les commandes de son corps pour s'offrir aux pulsations du sol. Les réponses de son être aux rythmes de la cadence terrestre s'accordaient silencieusement et seul le souffle, au sortir de ses lèvres, s'accélérait, tel un halètement provoqué par les pressions sourdes et répétitives de l'onde terrestre contre sa poitrine. Le vent soulevait les caresses des grains de sable sur sa peau. Le soleil la parcourut de ses langues de feu. Léa s'ouvrit au monde à venir : *Olam-Ha-Ba* en se séparant de son enveloppe charnelle qui appartient à la matière travaillée par les quatre éléments comme si des paumes habiles de glaise, d'air, d'eau et de feu la pétrissaient jusqu'à totale dislocation. Ses particules élémentaires franchirent les dimensions de l'espace-temps pour rejoindre les mondes supérieurs où elle rencontra l'âme des justes, *tsadiq* qui allaient l'aider à accomplir son *Tikkoun ha- Neshamot*, la correction spirituelle.

Les *tsadiq* lui révélèrent que, dans son union charnelle avec Simon, Léa pouvait accéder à la connaissance en sanctifiant cette union de sorte que la présence divine, la *Shekhinah* participe à leur conjonction. L'acte d'amour physique dans la Torah s'apparente à la Connaissance. Il est écrit : Isaac a connu Rebecca ; Abraham a connu Sarah et ce terme va bien au-delà de la découverte par l'acte sexuel. Quand l'union des êtres est en parfaite communion avec la transcendance de la *Shekhinah*, le savoir et l'intelligence de l'homme et de la femme se renforcent comme s'ils recevaient une connaissance inaccessible en dehors des voies de l'amour charnel. Une co-naissance !

Au terme de ce long et profond voyage intérieur, Léa revint à elle. Son regard balaya le désert et ses yeux lui offrirent l'illusion de quitter son corps et d'observer cette vaste étendue au-delà de l'horizon et de la frontière du visible. Les yeux se téléportèrent dans les quatre directions et franchirent la cinquième dimension. Les repères de Léa étaient bouleversés mais elle profita de cette surprenante aptitude visuelle pour mener ses yeux auprès de Simon et le voir à distance, le regarder dans son sommeil au cœur de la caverne de Méron. Elle parvint non seulement à le voir mais aussi à sentir son souffle, sa chaleur. Il était assoupi dans la position du lotus. Léa aurait aimé capter le contenu des rêves de Simon mais elle ne parvint pas à les rejoindre.

Il préservait ses mystères, cependant elle devinait au travers des sourires qu'il esquissait que ses rêves étaient peut-être associés à elle. Elle souffla à son oreille les mots d'amour du Cantique des Cantiques : *Ani ledodi Vedodi li. Je suis à mon bien-aimé et mon bien aimé est à moi.* Elle regarda son corps par-dessous les habits comme si ceux-ci étaient devenus transparents. La peau de Simon endossa le chant de Salomon sur toute la surface. L'homme était devenu livre, il portait l'écriture hébraïque sur son épiderme et au fur et à mesure qu'il s'offrait à la lecture, Léa ne savait plus si ses mains caressaient la peau de son amour ou les mots d'amour. Elle comprit alors les messages des *tsadiq* qui disaient que la sexualité sacrée menait à la Connaissance.

L'amour de Simon et Léa devint un véhicule de croissance de conscience et d'ascension spirituelle. Il emprunta le chemin des deux âmes pour les conduire au-delà d'eux-mêmes, des limites de leurs corps et même par-delà cet amour qu'ils croyaient unique et exclusif pour le transcender jusqu'à l'atteinte de l'amour inconditionnel.

Léa ressentait l'amour infini de Simon au-delà des corps et du plaisir physique. Elle dépassait les jouissances terrestres et se libérait de toute attache charnelle, ses sens vibraient et son cœur battait si fort qu'elle en avait le souffle coupé. Léa devenait Simon, le masculin et le féminin fusionnaient en elle. Elle pouvait s'aimer en prenant la place de l'homme à l'intérieur d'elle. Jamais, auparavant, il ne lui avait été donné d'éprouver simultanément les plaisirs du sexe masculin et féminin. Les sensations n'étaient pas séparées ou isolées, elles étaient conjointes et dédoublées.

Lorsqu'elle se procurait des caresses solitaires, il lui semblait qu'elle se vidait de son plaisir, que celui-ci la quittait et qu'une grande sensation de manque l'habitait.

Dans le désert, Léa commençait enfin à incorporer le néant, la plénitude du rien lorsque cette soudaine et imprévisible métamorphose s'empara d'elle. L'extase voyageait de l'un à l'autre, elle la recevait pour Simon et se la donnait tout autant. Léa était la main, le sexe de Simon parcourant son corps. Elle était la bouche dans sa bouche en parfaite complétude.

Non seulement cette expérience intense renforça son amour pour Simon, mais également pour elle-même. Léa se demandait si ce qu'elle venait de vivre était bien réel. Suis-je à l'origine de cette communion de nos deux êtres ou ai-je été visitée par Simon au point d'éprouver son énergie désirante ?

Un doute s'empara d'elle : qui suis-je, où commence mon être, où s'arrête-t-il ? Puis-je me substituer à l'aimé, devenir l'autre ?

Elle n'avait pas rêvé cet état de grâce, son corps en gardait les traces et sa mémoire lui offrait toutes les étapes archivées dans les deux cœurs accordés. Tout s'était accompli dans une force extrême et la jouissance, bien qu'ayant atteint les sommets, semblait ne pas vouloir s'arrêter. L'inscription d'un amour éternel comme s'il les avait précédés et allait leur succéder, cherchant peut-être à réaliser le Grand-Œuvre.

Léa et Simon ne seraient que des réceptacles d'un amour si vaste qu'il abolirait la frontière des corps, des sexes, du temps et du lieu. Ils s'aimaient parce qu'ils étaient aimés et leur union permettait des noces célestes avec le Créateur.

Quand le couple est dans la réception de l'énergie divine, Lui seul peut intensifier leur amour. Il propose le choix des sexes et de l'incarnation mais il espère une unité retrouvée dans la complémentarité. L'Éternel attend la conjonction des âmes, il les a revêtues d'un corps dans le monde visible mais lui seul peut les aimer dans l'invisible.

Le temps s'était écoulé sur le vaste sablier du désert et le ciel s'était tapissé de millions de grains d'étoiles. La demi-lune gardait son troupeau de constellations ; le profil penché avec bienveillance vers sa sœur la Terre. Léa s'égarait sur les routes du ciel sans la présence de Simon pour la guider. Allongée sur le dos d'une dune, elle ne parvenait pas à fixer un point lumineux. Ses yeux étaient trop petits pour accueillir toutes les étoiles. La certitude que nous ne sommes pas seuls se faisait entendre.

Simon lui souffla à l'oreille le nom des constellations. Elle regarda avec les yeux de l'astronome et immédiatement la nuit s'éclaira. Il l'emporta dans l'Univers en expansion jusqu'au centre des galaxies au cœur de leur trou noir. Léa fut aspirée dans ce noyau obscur des origines et assista au Big Bang comme si elle faisait partie des éléments fondateurs. Le trou noir reliait le passé au futur, le dedans et le dehors, la matière et l'antimatière, le fini et l'infini. Il était l'ombilic de la création, source de lumière et de ténèbres. Léa assista à sa conception mais découvrit aussi ses vies antérieures, son *gilgoul*, la transmigration des âmes pour les kabbalistes.

Simon était déjà présent dans ses vies passées mais leur amour n'avait pu s'accomplir complètement. Elle comprit sa passion pour les manuscrits de Qumrân en réalisant qu'elle avait fait partie de la communauté des Esséniens lors d'une incarnation masculine. Elle se vit cacher les manuscrits dans les grottes avant l'attaque romaine dévastatrice. Dans les temps plus reculés encore, elle fut disciple de Zarathoustra et là aussi ses livres furent brûlés au moment de l'invasion arabe.

Léa ressentit dans sa chair toutes les douleurs, les injustices, les persécutions subies dans ses précédentes incarnations. Elle comprit dès lors cet héritage spirituel si fragile et fragmenté qu'elle tentait de recomposer et qui faisait partie d'elle. Simon n'avait pas toujours été en harmonie avec Léa, ils avaient même été deux peuples en guerre, deux chefs guerriers se combattant. Elle le revit, alors ennemi dans la Perse antique, dans les montagnes du Khorasan. Leur rencontre était réparation des conflits antérieurs. Cette vie devait participer au *Tikkoun* pour que l'amour l'emporte sur les souffrances passées. Leurs retrouvailles étaient un hasard nécessaire. Ils avaient le libre arbitre pour décider d'évoluer, d'accomplir le saut quantique qui accroîtrait leur lumière intérieure. Ils pouvaient échouer dans cette étape surtout si l'empreinte énergétique inconsciente des erreurs les menait à répéter le connu. Léa et Simon avaient déjà surmonté l'épreuve et entamé leur correction.

La descente de Léa dans le trou noir le plus proche, celui de la nébuleuse du Cygne s'apparenta à une forme de mort et de renaissance. Léa se dirigea alors vers l'éclat de lumière, l'étincelle infime éblouissante. Elle pénétra ce rayon de feu et ressentit un amour intense avant de retrouver son corps abandonné sur le sable.

Sa peau se recouvrait de sable sous l'effet de la transpiration et des caresses du vent. Chacun des petits grains se posait tel un voile lacté ou des amas stellaires se déployant sur son corps, se glissant par les ouvertures des vêtements. Pareille à Danaé, elle recevait le sable sur elle et en elle. Il s'introduisait dans les cavités de ses narines, ses oreilles, ses bouches. Ses fluides se cristallisaient. Couchée dans le désert, Léa se minéralisait comme si elle se retrouvait dans la terre-mère. La voici à la source de *Malkout*, le fondement, premier niveau de l'échelle séphirotique, dans la matière inanimée. Elle devenait de plus en plus lourde, son corps s'enfonçait dans le sable entraîné par l'attraction terrestre. Elle n'était pas la proie de sables mouvants, elle était l'épouse, l'amante de l'écorce terrestre s'unissant à la semence solide impalpable. La densité dansait en elle, les grains gravitaient dans son ventre, germaient sous la plante de ses pieds qui lentement s'enracinaient. Ils semaient, ils s'aimaient.

Léa expérimenta l'étreinte millénaire des manuscrits de Qumrân dans leur couverture de sable et d'argile. Le désert aride de la mer Morte avait préservé la jouvence des textes, l'avait nourrie de silence, de vide et d'absence pour que le rien préserve le tout. C'est dans ce retrait essentiel au sein des grottes, *Tsimtsoum* fondateur, que l'encre continuait de couler dans les veines des rouleaux de peau. Le cœur de la caverne n'avait cessé de battre dans le désert, habité par la foi des Esséniens et le souffle céleste.

La grotte de Méron offrait son dénuement aux kabbalistes de Safed. Par leurs pratiques de dévotion et d'ouverture des portes de l'esprit, ils devenaient dépositaires de l'écrit et de la parole. Simon invita le désert et le vide en lui. Il renversa son corps pour le libérer des contraintes organiques et l'amener à se structurer sous la forme d'un vase. Il lui fallut également évacuer l'ego, se couper de lui-même et de l'environnement extérieur. Quand le réceptacle fut prêt, il put recevoir l'initiation et l'enseignement sous la forme de messages. Il était parlé, il était écrit et les lettres vibraient sur sa chair.

Il se connecta avec les maîtres qui restaient liés par les pensées et la prière, les *maggid.* Les héritiers spirituels des kabbalistes étaient dans le don et la réception, un échange entre les sages du monde d'en haut et les sages du monde d'en bas. Ils communiquaient d'âme à âme et travaillaient ensemble à rétablir la lumière dans les cœurs.

Les défunts qui avaient terminé leur chemin d'ascension n'avaient plus besoin de se réincarner mais ils continuaient de transmettre leur enseignement et de guider les vivants. Ils conduisaient le char de l'élévation, la *Merkhabah* pendant les méditations et ouvraient les portes de la connaissance, la *Devekut*. Celui qui s'est élevé doit pouvoir redescendre. Le kabbaliste à l'université de l'âme devait garder les pieds sur terre. Il avait pour mission d'unifier les mondes supérieurs au monde inférieur, sans perdre le contact avec la réalité terrestre, ses implications dans la vie sociale, sa communauté, sa famille.

L'amour de Simon pour Léa participait très concrètement à cette unification des deux mondes. Ils étaient le trait d'union, de l'archéologie à l'astronomie, entre terrestre et céleste.

Ils s'aimaient sur le plan spirituel et physique. Lorsqu'ils étaient séparés, ils restaient reliés et pouvaient se voir sans les yeux, s'entendre sans les oreilles, se parler sans les bouches.

Léa adressa à Simon un chant privé de paroles qui le mena à l'extase. À chaque inspiration, il recevait le souffle de Léa. Rabbi Simon Bar Yochaï disait que la respiration était la combinaison des éléments subtils comprenant l'air, le feu et l'eau. Ainsi, il pouvait lui dire, à la suite de Saint François d'Assise dans le Cantique des animaux : « *Je suis Toi.* »

Par elle, il atteignait la *Devekut*, cette communion au divin, dernier stade de croissance du mystique juif.

De retour au monastère, Léa réintégra brutalement le monde réel. Elle découvrit sur son téléphone un message d'un de ses collègues, Sanchez, qui lui demandait de rentrer d'urgence à Jérusalem car il devait lui parler d'une nouvelle découverte archéologique.

Sans plus attendre, elle prépara ses affaires, prévint Simon de ce contretemps et prit la route en pleine nuit. Arrivée à Jérusalem, elle rejoignit leur bureau où l'attendait Sanchez avec impatience.

Il lui annonça d'emblée : « Nous partons sur-le-champ avec deux militaires armés à la frontière entre l'Égypte et la Palestine. C'est dans une des galeries creusées par les palestiniens qu'on vient de découvrir de nouveaux textes mais ceux-ci ont été gravés sur les contours de vases d'argile. L'intérieur des vases est vide, certains sont écrits en hébreu, d'autres en araméen et un est couvert d'hiéroglyphes. On ignore leur provenance et ta présence est indispensable pour nous éclairer. L'arabe qui a trouvé le lieu est arrivé hier avec un fragment d'un des vases qui s'était brisé pour négocier son prix. Il avait des photos qui nous permettaient de faire très vite une estimation de ce trésor et de sa valeur. Depuis hier, j'ai remué ciel et terre pour trouver l'argent demandé. La Fondation a accepté mais maintenant il faut espérer arriver vivant jusque-là et repartir très vite avec les précieux vases. L'endroit est isolé, pratiquement indécelable, c'est à la fois une chance et une malchance puisque ces galeries secrètes sont les lieux de passage d'armes et de matières premières. Le site archéologique est du côté palestinien et notre intermédiaire sera sur place pour nous guider. Comme cette zone nous est interdite, cette mission est très dangereuse et il est préférable d'arriver avant le lever du jour. Nous partons avec l'hélicoptère de la Fondation, ce n'est pas très discret mais nous n'avons pas d'autres alternatives. C'est le plus rapide. »

Pendant le vol de nuit, Léa admirait son pays vu du ciel. Seules les lumières des villes et villages étaient visibles et lui donnaient la curieuse impression que le ciel et la terre se répondaient en miroir. Les lueurs des villes se prenaient pour des étoiles et reflétaient les prétentions humaines d'imiter la voûte céleste.

En moins d'une demi-heure, ils arrivèrent sur le site et leur intermédiaire palestinien se signala à l'aide d'une lampe torche qui clignotait dans leur direction. Heureusement, toute la zone environnante était plongée dans l'obscurité et n'était pas peuplée. Le palestinien était accompagné de deux complices armés. Il avait été convenu que la somme totale d'argent ne leur serait remise qu'après l'acheminement des vases jusqu'à l'hélicoptère. Plusieurs caisses remplies de frigolite furent descendues et menées vers la galerie souterraine. L'équipée se déplaça en silence et descendit dans l'étroit boyau où l'on tenait à peine debout. Les caisses avaient juste la bonne largeur pour pouvoir passer. Un garde armé de la Fondation était resté aux côtés du pilote pour assurer sa sécurité et prévenir en cas d'attaque.

Léa était très émue et ressentait un mélange de peur et d'enthousiasme. L'excitation de la découverte l'emportait sur l'angoisse générée par cette expédition. Son collègue Sanchez était espagnol et égyptologue. Il connaissait l'araméen, les hiéroglyphes et travaillait depuis quelques années avec elle à la traduction des évangiles apocryphes de Nag Hammadi, trouvés en Haute Égypte, non loin de Louxor.

Sanchez était persuadé que les premiers chrétiens avaient côtoyé ou fait partie de la communauté juive essénienne de Qumrân et qu'après la destruction par les romains de leur cité, certains Esséniens s'étaient réfugiés à Damas en Syrie alors que d'autres avaient pu partir en Égypte et rédiger les évangiles de Nag Hammadi. Sanchez disait qu'il y avait trop de points communs entre les règles de vie des Esséniens et celles de Saint Jean-Baptiste, Jésus et ses apôtres. Pour lui, les manuscrits de Qumrân et de Nag Hammadi montraient qu'il n'y avait pas de rupture entre judaïsme et chrétienté mais une continuité, une complémentarité. Le *Maître de Justice* dont il était fréquemment question dans les manuscrits de la mer Morte aurait pu bien être Jésus tant les ressemblances entre la vie et la mort du Maître de Justice s'apparentaient aux siennes. Les religieux des deux bords et les archéologues réfutaient cette thèse et ils n'étaient que quelques marginaux à maintenir leurs recherches en ce domaine si polémique. Léa était souvent emportée par Sanchez dans des débats captivants et elle aurait vraiment voulu qu'un jour on puisse démontrer cette hypothèse, car alors il n'y aurait plus eu deux religions distinctes mais une seule origine. Les juifs ne voulaient pas considérer le Christ comme le Messie, annoncé dans l'Ancien Testament et par Zarathoustra. Les perses zoroastriens avaient reçu l'annonce de sa naissance et les rois mages, des prêtres zoroastriens, étaient venus à sa rencontre.

Léa pressentait déjà au cœur de ce souterrain entre deux territoires que les risques qu'ils encouraient dépasseraient sans doute ceux du conflit entre Israël et la Palestine. Tout dépendait du contenu des textes et de leurs révélations. Le groupe arriva à hauteur des couloirs contenant les vases. Ils étaient quatre, en parfait état et leur forme était identique à celle des vases trouvés dans la grotte IV de Qumrân. Sans perdre beaucoup de temps pour les regarder en détail, les archéologues s'empressèrent de les entreposer dans les caisses et d'assurer qu'ils seraient bien protégés durant leur transport. Le marché fut conclu avec les trois palestiniens dont l'identité resterait secrète. Les caisses furent hissées dans l'hélicoptère qui s'envola immédiatement.

Léa et Sanchez organisaient déjà le déchiffrement et la lecture des vases. Ils étaient incapables d'aller dormir, ils voulaient tout de suite décrypter les inscriptions.

En déballant les vases de leurs couches protectrices, ils eurent l'impression de participer à une mise au monde. Tels des sages-femmes, ils portèrent à la lumière les précieux récipients, ce qui leur donna envie de trouver des noms pour chacun d'eux.

Pour chacun des vases, hébreu, araméen et égyptien, un nom approprié à sa langue. Il y avait des vases féminins et masculins, tels des couples. Le vase brisé, étant hébreu, s'appellerait Chevira. Léa et Sanchez devinrent les parents adoptifs de cette nombreuse progéniture.

Les voix de chacun des vases se faisaient déjà entendre.

Léa prononça leurs premiers mots : « Shema Israël », écoute Israël. Sanchez, tout en caressant l'un d'eux, posa ses doigts sous le couvercle et lut :

« *Moi, Judith, fille du Maître de Justice, j'écris sous la dictée de mon père. Notre communauté est menacée mais nos écritures survivront à jamais. Ainsi, chacune des lettres du texte composé sur le vase se révélera au grand jour de sa découverte, en des temps à venir, et sera chargé d'éveiller les consciences, d'ouvrir les yeux en déployant la vue pour plus de clarté et de lumière dans les cœurs éteints des hommes prisonniers des ténèbres. Les lettres existent comme des entités propres résidant à la fois à la surface du vase, sa matrice, et en dehors, telles des étincelles qui tout en se libérant de leur support restent encore reliées à lui et emportent avec elles la mémoire du texte dans son entièreté.*

Chaque lettre constitue la partie et le tout. Il n'y a pas de séparation, la lettre véhicule l'ensemble, l'intégralité du message. Elles ont pour mission d'accélérer le chemin de croissance qui mènera l'humanité vers l'unité. Ouvrir et transmettre sans restriction.

Les lettres sont les clés d'accès en vous-même et vers les autres. Clés qui libèrent des geôles, des corps et des cœurs malades. Les lettres, pareilles aux graines, plantées en nous pour s'y enraciner afin que l'arbre de la connaissance croisse en votre être et apporte le discernement, la justesse, la rectitude.

De mon vivant, j'ai livré mon corps et mon sang et après ma mort, j'offre mes paroles couchées dans la terre, pour renaître en chacun de vous.

Mangez les fruits de mes lettres, buvez la pulpe de mes mots car ceux-ci vous réparent, vous régénèrent et préservent le lien de vous à moi. L'écriture est une passerelle, un pont d'élévation qui nous unit et relie également chacun de vous aux autres.

Toutes les paroles des sages et des prophètes vous ont été transmises par les scribes et les disciples mais elles ont coulé sur vous comme l'encre sur le papier. Vos lectures demeuraient lisses, sans aspérité, les papiers et les peaux se sont déchirés, fragmentés comme vos cœurs dispersés, éclatés.

La colère de Moïse au Mont Sinaï a brisé les Tables de la Loi et le temps n'a pas encore pu opérer le travail de réparation, d'unification des éclats.

Ma voix incise la terre, le sillon de la lettre entaille la paroi comme le soc de la charrue prépare le champ aux semailles, comme la faille de la femme s'ouvre aux semences de l'homme. Cachés dans l'ouverture taillée par la lettre, les mots guettent la lumière des yeux qui suscitera leur jaillissement, leur germination. Vous êtes responsables de la croissance de mon verbe. Vous êtes maîtres de la récolte et du partage des richesses. La parole doit circuler et ne peut s'amasser dans vos greniers, vos bibliothèques silencieuses. Croissez et multipliez mes mots, distribuez-les dans toutes les langues pour rassembler et intensifier vos intentions, vos prières. Vous m'appellerez, vous chanterez mon nom et il me suffit d'une seule lettre pour être parmi vous.

Je reconnais le son, sa vibration qui me révélera l'ardeur du feu qui nous lie. »

Le message surgissait du passé, déterré de l'oubli mais toute sa force agissait dans le présent. Il s'imprimait au cœur de Léa et semblait lui murmurer « souviens-toi de ce que tu sais déjà » car ces paroles faisaient déjà partie d'elle. Elles lui étaient familières comme si depuis toujours ces termes résidaient en elle. L'Arbre de la Connaissance devenait alors arbre de reconnaissance. Un arbre poussait inversé à l'intérieur de Léa. Les racines se trouvaient dans sa tête, les neurones intriqués aux radicelles de l'Enseigneur.

Sanchez trouvait que le contenu du texte s'apparentait étrangement aux manuscrits des Esséniens mais également aux évangiles apocryphes de Nag Hammadi. Ce vase était-il le chaînon manquant qui reliait Qumrân à Nag Hammadi, les juifs Esséniens et les premiers chrétiens réfugiés en Haute-Égypte ?

« Il est troublant que l'auteur insiste sur l'importance des lettres hébraïques, agissant comme des portes, des clés, des semences qui nous relient à l'Éternel. C'est aussi ce que pensaient les premiers kabbalistes. On le retrouve dans le *Sepher Yezira*, le *Livre de la Création*, le plus ancien texte kabbaliste. Ce vase prouve qu'il existait des liens entre ces différentes communautés marginales, retirées et souvent considérées comme des sectes. »

Léa : « Sur un si petit territoire, on peut penser qu'ils étaient en contact et peut-être échangeaient-ils leurs expériences mystiques. Les zoroastriens ont aussi influencé et nourrit la pensée des hébreux et des premiers chrétiens. Plus tardivement, l'Église et les rabbins cherchèrent à effacer les traces de cet héritage qui n'avait pas besoin d'église, de temple, de synagogue pour entrer en dialogue avec le Très-Haut. En multipliant les intermédiaires entre Dieu et les hommes, on s'est éloigné de Lui. Aujourd'hui, il n'y a plus que les chamanes qui sont restés en contact direct avec le monde d'en haut, ceux que l'on appelle encore les peuples primitifs… Les moines bouddhistes, les méditants Zen, les Soufis, les Kabbalistes y arrivent également. Ils œuvrent dans la simplicité et la discrétion. Le détachement et la solitude les protègent du chaos qui nous environne. »

Léa pensait à Simon, à leur union, qui, tout comme le vase de Gaza, rassemblait le terrestre et le céleste, et au travers d'eux, les manuscrits de la mer Morte, la Kabbale et l'astronomie. Il n'y a pas de hasard, se dit-elle, comme si leur rencontre, elle aussi, avait été gravée sur le vase ou dans le chant de Salomon. Tout était prédestiné et déjà élaboré au moment de sa conception entre son père zoroastrien et sa mère marrane. Cet assemblage hétéroclite, chargé d'histoire biblique, avait programmé sa naissance et peut-être aussi sa mission d'unification.

Léa : « Sanchez, ce soir plus que jamais, je me sens hybride, à la fois juive, perse et chrétienne. Je me reconnais et me retrouve en chacune de ces voies spirituelles. Mes

22 paires de chromosomes autosomes se sont unis aux 22 lettres hébraïques. J'honore les trois lettres mères : aleph, memm, shin et la trinité du Père, du Fils, du Saint-Esprit. Je visualise l'arbre des dix sephirot et le superpose à la croix du Christ depuis sa couronne : Kether jusqu'à ses pieds Malkout, les fondements. Je transpose sur l'arbre et la croix les dix attributs d'Ahura Mazda, ces mêmes paliers qui nous permettent comme les dix doigts des mains et les orteils des pieds de l'atteindre, de le toucher. »

Léa, emportée par l'enthousiasme de la richesse de ses origines, fut interrompue par Sanchez qui lui demanda de l'aide pour transporter les vases dans la chambre forte de la Fondation :

« Léa, il est 8 heures, les chercheurs vont bientôt arriver. Nous devons préserver nos découvertes. Il est trop dangereux de les montrer à l'heure actuelle. Nous ne maîtrisons pas l'impact que ces écrits peuvent provoquer dans le pays et dans le reste du monde. Si les palestiniens apprennent que des vases antiques ont été trouvés dans les galeries de Gaza et emportés par des israéliens, nous risquons de susciter un vent de révolte et de violences. Ils peuvent revendiquer l'appartenance des vases et nous accuser de les avoir dérobés. La Fondation qui a payé pour posséder les vases voudra certainement les mettre en valeur et les exhiber, c'est pourquoi, afin d'éviter un conflit de propriété sur ces objets archéologiques, ils devraient très vite être reconnus patrimoine de l'humanité. Si nous traduisons et diffusons le contenu des textes, ceux-ci entreront dans le domaine public et perdront leur exclusivité. Ce ne sont pas les vases en soi qui ont de la valeur mais les messages qu'ils véhiculent et qui doivent rester accessibles à tous, dans toutes les langues, gratuitement ! »

Léa : « Malheureusement, pendant la journée, nous ne pouvons pas travailler tant que les chercheurs sont à la Fondation. Il n'y a que la nuit où nous pouvons progresser mais nous devrions être aidés pour gagner du temps. Les textes sont courts, si nous sommes quatre, cette nuit, nous pourrions chacun traduire un nouveau texte. Je peux demander à Simon de se joindre à nous, il connaît l'hébreu ancien. Simon est toujours à Safed mais nous devions nous retrouver à Jérusalem ce midi. Il ne sait encore rien de tout ceci mais je ne doute pas qu'il fera partie de cette équipée nocturne. C'est un astronome et un kabbaliste, il a l'habitude de peu dormir la nuit. Tu ne l'as pas encore rencontré mais je peux te certifier que nous pouvons avoir une confiance absolue en lui. Son engagement spirituel et sa rigueur scientifique seront précieux pour cette tâche. Il s'intéresse à mes recherches et se fera un plaisir de collaborer avec nous. Et toi, Sanchez, tu pourrais demander à ta femme de se joindre à nous. Ainsi, nous serions deux couples pour déchiffrer les inscriptions et symboliquement, cela ne peut que fortifier notre engagement tout en accompagnant ce travail de notre amitié. »

Sanchez : « Excellente idée, je préviens Hagar. Ma femme est craintive et déjà très inquiète des retombées de tout ceci mais elle a des yeux d'aigle et une excellente concentration. Sa curiosité et sa passion pour l'écriture l'emportera sans doute sur la peur face aux risques encourus. J'espère réussir à trouver le sommeil après tant d'excitation ; surtout que j'ai hâte de reprendre la transcription. Retrouvons-nous à 19 heures. Il faut prévoir de la nourriture pour tenir jusqu'à demain et du café. Maintenant, allons nous coucher pour être en pleine forme cette nuit. »

Au retour de Safed, Simon s'était rendu à l'observatoire où il échangeait avec l'un de ses collègues du CERN à Genève, Pierre Jarre. Ce chercheur étudiait l'*attraction étrange* qui ordonnait le chaos dans la matière. En travaillant dans les galeries souterraines où était reproduit le Big Bang au cœur de l'accélérateur de particules, son ami Pierre, maître de l'infiniment petit, voyageait dans l'espace vide, derrière le mur de Planck. Il parlait de son éblouissement devant la capacité surprenante des particules à communiquer entre elles, à s'organiser, se structurer, s'harmoniser dans la turbulence après le chaos. Pour lui, la matière était intelligente, elle avait une forme de conscience comme si le dessein de l'univers avait été parfaitement calculé pour s'ordonner.

Pierre : « Il apparaît qu'en dessous du désordre se trouve un ordre préétabli et que la matière obéit aux lois invisibles d'une pensée organisatrice originelle. Je me demande alors si l'*attracteur étrange* fait partie de nous et de notre libre arbitre ou si nous sommes à l'intérieur de l'attracteur et obéissons à ses plans. Les expériences quantiques montrent l'influence de l'observateur sur le résultat de l'expérience, comme s'il y avait interpénétration entre la matière et l'esprit. Le photon n'existe pas, sa matière est introuvable sous forme matérielle mais nous pouvons percevoir ses effets :

la symétrie, l'équilibre structurel. Ces êtres quantiques qui proviennent du vide sont pourtant chargés d'informations et produisent un champ d'interactions et de connexions. Tout ceci sans aucun support physique ! »

Simon : « Ce que tu observes dans l'infiniment petit se retrouve dans l'infiniment grand. L'univers présente aussi des structures ordonnées, notamment l'homogénéité des galaxies et les constantes cosmologiques extrêmement précises. Est-ce que le vide dans lequel les galaxies sont en expansion est chargé d'informations, y a-t-il un observateur extérieur qui interagit avec tout cela ? Le kabbaliste Moïse de Leone, il y a 700 ans disait déjà que la lumière est la substance primordiale ; elle est indivisible et n'admet aucune séparation. La partie contient le tout. Ainsi l'homme primordial, *Adam Qadmon* contient déjà en lui tout l'univers « totalité indivisible » et unifiée. Il affirmait que les mondes sont liés entre eux et compris l'un dans l'autre. Interdépendance entre microcosme et macrocosme. Mais pour accéder au grand Tout, l'homme doit annihiler l'ego et en quelque sorte se réduire à l'état de particule pour accéder à l'Infini. L'ouverture de conscience ne peut se faire que par l'anéantissement du moi. »

Pierre : « Les traditions chinoises, indiennes et perses disaient déjà que la terre et l'homme étaient le miroir du ciel et de l'univers. »

Simon : « Ils existent l'un à travers l'autre. L'esprit n'est pas dissocié de la matière, nous créons la réalité autant qu'elle nous crée. L'observateur et le créateur, intriqués, impliqués par son objet d'étude. Ils forment un tout unifié. Il crée ce qui est en lui, hors de lui. »

À ce moment de leur discussion, Léa arriva dans le bureau de Simon et interrompit leurs échanges. Simon remarqua immédiatement le visage radieux de Léa et lui demanda si la lumière qui émanait d'elle était le fait de son séjour dans le désert. « Tu es resplendissante, est-ce la solitude ou mon absence qui illumine tes traits ? »

Léa : « Je n'étais pas seule dans le désert, tu m'habitais, c'est toi qui m'embellis ! Pourtant, je n'ai ni mangé ni dormi depuis hier. »

Simon : « Pourquoi ce soudain ascétisme ? »

Léa : « J'ai passé la nuit à déchiffrer de nouvelles découvertes archéologiques et c'est là ma première infidélité à notre union quantique. »

Pierre : « En quoi consiste cette « union quantique » si je ne suis pas indiscret ? »

Simon : « C'est lorsque nous nous aimons à distance. Léa et moi, parvenons à nous connecter exactement comme deux photons séparés, nous aussi restons reliés. »

Léa : « Pierre, je suis désolée mais je vais devoir te soutirer Simon et l'emmener avec moi car j'ai besoin de son aide. C'est par ailleurs très urgent et je n'ai, malheureusement, pas le droit de te donner plus d'information sur nos découvertes qui, pour les préserver, doivent encore demeurer secrètes. »

Pierre : « Léa, tu as déjà attisé ma curiosité et c'est avec regret que je me sépare de Simon avec qui j'avais une discussion passionnante qui accélérait mes particules ! »

Simon : « Ce n'est que partie remise, Pierre, j'ai hâte de te retrouver car tu es pour moi à la fois Pierre d'Angle et pierre philosophale. C'est un plaisir d'échanger sur nos mondes parallèles. »

Léa et Simon quittèrent l'observatoire.

Léa : « Avant d'accéder au saint des saints, nous devons dormir. On ne peut pas aller à la Fondation pendant l'ouverture, personne ne doit savoir que nous y travaillons. Sanchez et sa femme Hagar nous ouvriront les portes quand ils s'assureront que plus personne ne s'y trouve. Alors, nous pourrons travailler ensemble toute la nuit. À quatre, nous arriverons peut-être à terminer la transcription. »

La jeune femme raconta les détails de l'expédition à Simon qui s'émerveilla et s'effraya tout à la fois des risques qu'elle avait encourus. Il était cependant avide de participer à la suite des opérations et comprenait la nécessité d'agir vite. Ils décidèrent de ne pas dormir ensemble pour se préserver de l'attraction des corps qui, même s'ils ne se touchaient pas, ne leur donneraient pas le repos.

Simon : « Je viendrai te prendre à 17h30 et j'emporterai de la nourriture, l'ordinateur, les dictionnaires. J'espère parvenir à m'endormir en pleine journée et si je n'y arrive pas, je me mettrai en état de méditation. Après une heure et demie de méditation, j'accède parfois à plus d'énergie qu'après une nuit de sommeil. »

Léa : « Nous devons être très concentrés pour cette tâche : chaque mot, chaque phrase doit être traduite au plus près du texte. On n'a pas le droit à l'erreur puisqu'il faut les diffuser le plus vite possible. Idéalement, nous devrions aussi nous charger des traductions en anglais, français et espagnol pour accroître encore le rayonnement de ces écrits de par le monde et les préserver de mauvaises traductions. Nous pourrions aussi réaliser des vidéos qui lisent les textes des vases dans plusieurs langues. Comme les textes ne sont pas très longs, cela rendrait le matériel plus attractif pour le grand public. À nous quatre, nous possédons déjà les langues principales. »

Simon : « J'apporterai ma caméra et un micro de bonne qualité. »

Léa : « Je prends l'appareil photo que nous utilisons pour les clichés de terres cuites et la macro photo des inscriptions rupestres. Le support photographique est indispensable. Sur place, nous sommes bien équipés en lumières mais la clarté doit être en nous si nous voulons réussir. Je pressens que ces nouvelles écritures arrivent à un moment décisif et auront des répercussions favorables pour notre pays. Jusqu'ici les hommes se sont toujours divisés et combattus à cause des textes sacrés mais j'ose croire qu'il existe des paroles ou des écrits qui unifient et rassemblent les peuples. L'homme les a souvent pervertis en les déviant de leur sens ou en forgeant des lois et des interdits qui trahissent la pensée juste ou la parole juste. »

Simon : « Oui, je crois que toutes les sagesses ont déjà été dites et écrites par chacune des traditions et en cela, il ne peut y avoir de révélations dont nous n'aurions pas déjà eu connaissance. Il manque surtout aux peuples la volonté de reconnaître l'unité dans la diversité. Les paroles qui sont communes à tous mais qui ne viendraient pas d'un prophète ou d'un Éternel, mais du dedans de nos cœurs. »

À la tombée du jour, les quatre chercheurs se retrouvèrent devant les vases qui semblaient impatients de leur venue. Chacun des couples s'isola avec l'un d'eux pour entendre les premiers mots des précieux réceptacles dans la plus grande intimité. Léa et Simon déchiffreraient l'hébreu et Hagar et Sanchez l'araméen, les hiéroglyphes.

Simon : « Je vais te dicter les paroles telles que je les lis et tu les transcris directement à l'ordinateur. Ainsi, après plusieurs lectures nous pourrons adapter le texte et réaliser les corrections. L'hébreu est complexe car il offre différentes lectures et interprétations. Nous travaillerons ensuite sur les traductions dans les autres langues et puis, s'il nous reste encore du temps, nous ferons les vidéos et les photos. »

Ils posèrent le vase sous un jeu de lumière qui illuminait les caractères et facilitait le déchiffrage. Le temps n'avait, heureusement, pas altéré les lettres mais il fallait de bons yeux pour ne pas perdre une ligne.

Léa et Simon se trouvaient côte à côte, unis et concentrés comme un seul corps. Un grand silence les enveloppait avant que Simon ne commence la lecture. L'émotion s'emparait de sa gorge et précipitait son souffle. Un tressaillement parcourut l'échine de Léa, car la voix de Simon était autre. Comme si quelqu'un parlait au travers de sa bouche. Les doigts tremblants de Léa imprimaient ce qu'elle entendait et qui parfois venait se glisser sous ses mains avant même que Simon n'ait prononcé une parole. Ils eurent tous deux l'impression qu'ils étaient secondés, aidés dans leur tâche par une force étrange. Cette énergie, ils ne savaient si elle provenait du vase lui-même ou d'ailleurs mais elle était très distinctement perceptible. Le vase délivrait son message sans hésitation, sans erreur, avec détermination, et le couple ressentait le plaisir du texte se déversant au travers d'eux. Une sensation physique semblable à celle procurée par l'acte d'amour, son acmé, comme si le vase communiait avec Simon et Léa, les fécondait de ses lettres. Les paroles gravées s'inscrivaient avec vigueur dans l'esprit et dans la chair.

« Je suis l'Éternel aimant, sans passé, sans présent, sans futur. Au-delà de l'espace et du temps vous entrez en moi et j'entre en vous comme l'homme et la femme se servent de leur corps pour s'aimer. Mon souffle et ma lumière vous pénètrent, mon verbe vous inonde. Vos pieds cherchent mes racines, vos têtes et vos yeux guettent la couronne des cieux.

Vous avez découpé les terres, limité vos cœurs, divisé vos forces au lieu de les réunir pour accroître le champ de mon rayonnement. Ouvrez pour recevoir, donnez pour accueillir la source, abattez les murs, les barrages et les portes qui nous séparent.

Je veux puiser en vous et que vous puisiez en moi afin que nos eaux se mélangent comme les fluides de l'homme et de la femme unissent leurs semences et ne forment qu'un.

Tout est Un, indivisible, interdépendant. Un est Tout. Tant que vous ne serez pas unifiés, nous resterons séparés. Ce que vous réparez et réconciliez au-dedans, s'unifie au dehors de vous.

Je suis proche de celui qui a rassemblé le féminin et le masculin en lui, qui a ordonné le chaos et dont le cœur reste ouvert. Devenez les créateurs de ce qui est en vous, ne cherchez pas au dehors. Tout est en vous. Je suis là. Soyez l'amant éternel.

J'ai fait un rêve, vous êtes le rêve et la nuit. Je suis l'éveil et le jour. Quand je contemple mon rêve, il m'envoie le miroir de ce que j'ai créé, reflet d'ombres et de lumières, de mes œuvres, les unes achevées, les autres incomplètes ou brisées. Mes créations et mes créatures ne sont pas toutes abouties et certaines sont imparfaites à dessein pour que vous puissiez me corriger, réparer et devenir artisans de justesse, parachever les ébauches et rectifier les maladresses.

Je n'ai pas tout dit, je me suis retiré afin que vous puissiez continuer le rêve et y ajouter vos paroles, vos volontés de réalisation ou de destruction. Le bien et le mal sont en vous et je vous ai pourvus de discernement. Si vous restez reliés à ma source, je guide vos mains et vos cœurs, je vous ouvre le chemin et vous n'aurez crainte des obstacles qui participent à la juste place, à l'orientation et au but.

J'apprends de vos erreurs et de vos réussites. Je lis les livres de vos vies et ils me fortifient car vous avez pensé pour moi ce que je ne savais pas encore faire partie de moi. J'ai besoin de vous pour me connaître, me réaliser et j'aime chacune de vos tentatives, qu'elles mènent au succès ou à l'échec, fruit d'actions justes ou injustes, de bonté ou de cruauté. J'accepte et j'accueille ce que vous êtes car nous sommes acteurs d'une même pièce et ensemble nous décidons de l'évolution, du dénouement.

Le rêve s'achèvera quand le dormeur s'éveillera et ouvrira ses yeux, mes yeux pour que nous puissions enfin voir la même réalité, de jour, comme de nuit, dans la clarté et l'obscurité d'un cœur qui bat sans repos pour un amour sans fin ni limite.

Il est le verbe sans la bouche, il est l'écriture, il est vie, mort et renaissance. Il est dans la matière et se cache dans le vide pour qu'on le cherche. Il est l'information et la formation. Posez la question ! Soyez la réponse. Vous détenez la mémoire de l'information et de votre création. Souvenez-vous de l'espace divin qui vous habite et devenez le créateur. Parlez son langage en harmonie et en cohérence avec lui. Vous êtes le livre qui a reçu ses lettres et il attend votre lecture. Donnez-lui votre voix, votre chant. Unissez-vous à lui pour atteindre sa source et retrouver la lumière de vos origines.

Fils de lumière, vous naissez hier, aujourd'hui et demain, il n'y a pas de mort, il vous suffit d'ouvrir les portes de votre âme.

La mort n'est que le passage, le retour de l'étincelle au soleil primordial. Votre vie peut se diriger vers l'ombre ou les ténèbres. Même s'il vous éclaire, vos pas choisissent l'obscurité. Vous êtes celui qui ouvre ou qui ferme les portes de l'âme. Il vous a donné les clés, celles de votre demeure en lui et de sa demeure en vous.

Un seul tronc réunit toutes les branches et les racines de l'Arbre de Vie et de la Connaissance. Un seul arbre montre l'exemple que l'unique comporte la multitude, au-dessus, dans sa nature céleste, et au-dessous, dans sa nature terrestre. »

Les traductions furent achevées à l'aube. Ils eurent le temps de les lire, les enregistrer et les publier sur un site d'archéologie appartenant au musée. Après une ultime relecture et audition des vidéos, le travail accompli pouvait être diffusé, s'offrir au monde entier. Il leur semblait qu'au-delà du texte traduit s'ouvrait également un texte invisible s'écrivant par-dessus. Comme si les mots et leur contenu agissaient en correspondance intime avec une écriture silencieuse cachée sous les mots et sur le texte. Telle une matrice originelle d'où jailliraient les lettres. Ils crurent tous les quatre avoir libéré les œuvres après deux mille ans de réclusion souterraine et que dès leur émission sur les ondes ou sur les écrans, ceux-ci ne seraient plus en captivité ni la possession exclusive de quelques-uns ou d'un gouvernement.

Ils pensaient également ne pas s'approprier l'exclusivité de cette découverte et éprouver l'intensité du partage, mais à leur grande surprise les textes continuaient à exister en eux. Au fur et à mesure des lectures, des traductions et des transcriptions, le texte s'inscrivait en eux, prenait place en chacun. Ils produisaient une version universelle, cependant qu'une version personnelle, adaptée à chacun leur était révélée. Simon attribuait ce phénomène à l'écriture invisible dont témoignaient les kabbalistes dans leurs écrits. Pendant les séances d'écriture automatique, le kabbaliste est en réception d'un livre qui s'empare de sa main pour rejoindre les perceptions du cœur. Le livre invisible élève l'auteur jusqu'aux racines de son âme.

Simon et Léa pensaient que tous les textes sacrés offraient ces possibilités d'ouverture interne et externe, qu'il s'agisse de la Torah, des évangiles, du Zohar, des paroles de Bouddha, de Zarathoustra ou des mystiques Soufis. Les manifestations du créateur prenaient diverses formes, langues ou styles pour s'adapter à la diversité des peuples, de leurs cultures et de leurs besoins. Il façonnait ses mots suivant les yeux des lecteurs mais une même unité était contenue dans tant de diversité. Il leur semblait dès lors que ces vases délivraient un langage commun, qui ne semblait appartenir à aucune religion déterminée mais serait perceptible par tous. Un livre des livres, une parole comprise par l'ensemble pour un seul discernement. L'unité dans la simplicité, comme le chant de la mère dont l'amour est ressenti par tous les nouveau-nés du monde.

La capacité vibratoire de chacun s'était élevée et Simon évoquait la possibilité qu'ils vivent une expérience commune du « saut quantique ». Léa comparait leur tâche à celle des disciples qui reçurent l'Esprit Saint et furent capables de parler dans toutes les langues pour transmettre la parole du Christ. Eux aussi étaient devenus les porte-paroles modernes d'une révélation qui se situait en dehors d'un temps et d'un lieu donnés. Les manuscrits de la mer Morte et les évangiles apocryphes de Nag Hammadi étaient restés secrets au public pendant 30 ans, car de nombreuses querelles d'appartenance et de traduction en avaient bloqué la diffusion.

« Et si ces textes constituaient le chaînon manquant, le lien entre les grands héritages spirituels ? » se demandait Léa. « On peut aussi s'étonner de la période qui correspond à leur découverte, en pleine deuxième guerre mondiale, en 1945 à Nag Hammadi et en 1947 à Qumrân. Un tel cadeau durant une période si critique de l'histoire, comme si leur mise à jour cherchait à apporter un peu de paix au cœur des combats. »

Simon : « Notre découverte surgit aussi dans l'apogée des conflits entre Israël et la Palestine mais nous n'avons pas attendu 30 ans pour libérer les messages. Il y a une urgence et ces inscriptions n'ont pas été écrites pour être lues il y a 2000 ou 3000 ans mais pour les lecteurs d'aujourd'hui. Ils ont défié les siècles pour nous révéler leur sagesse universelle. Des textes qui s'adressent à tous, qui unifient au lieu de diviser, qui rassemblent et nous ramènent à une source commune. Un même souffle semble inspirer ces textes antiques, un même auteur qui tour à tour change de lieu, de support, de caractère, de langue. »

Sanchez : « Regardez les évangiles apocryphes et les manuscrits de Qumrân , ils sont frères et eux-mêmes trouvent leur parenté dans les rouleaux de papyrus égyptiens du Livre des Morts, 1600 ans avant JC. Il n'y a pas de séparation, il y a continuité d'héritage d'un livre à l'autre et transmission dans une volonté d'unification. L'Égypte a constitué un pôle d'attraction, une terre initiatique tout au long de la colonne vertébrale du Nil, berceau de civilisation. L'Égypte antique a généré les découvertes architecturales, mathématiques, astronomiques, médicinales, artistiques et spirituelles. Elle a inspiré la Grèce, les romains et a exercé une influence incontestable sur les juifs et les chrétiens qui vécurent des siècles en Égypte. Ces tunnels creusés entre Israël et l'Égypte, sous les murs, criblant les frontières de leurs galeries veulent désespérément ouvrir, perforer les barrières et rappeler que nous n'avons cessé de nous enrichir, de communiquer, d'échanger entre chrétiens, juifs et arabes. Que ces galeries ne véhiculent plus les armes et la haine mais les grandes écritures, chemin de paix, d'amour, de réconciliation. »

L'un des vases était recouvert d'hiéroglyphes et seul Sanchez parvint à le traduire. Aucun d'eux n'était préparé à recevoir ce nouveau texte, comme si une erreur, un faux s'était glissé parmi les vases. Pourquoi donc des hiéroglyphes égyptiens se trouvaient-ils rassemblés avec des vases hébreux et araméens ? Le peuple hébreu avait fui l'Égypte pendant l'exode et pourquoi aurait-il emporté un vestige égyptien, trace de son esclavage pendant 240 ans ?

Voici ce que Sanchez décrypta tout autour du vase. Il traduisit à haute voix, lentement, en s'aidant d'un petit appareil qui reconnaissait les signes et donnait leur signification en tenant compte du contexte des hiéroglyphes environnants. Cet appareil ingénieux lui permettait d'entrer dans les tombeaux et de lire très vite, sur les parois peintes ou gravées, les messages demeurés indemnes jusqu'à nous.

« *Nous avons quitté Éléphantine sous la protection de Yahu après avoir appris que nos frères oppressés dans le pays de Misraïm avaient fui vers le mont Horeb. À leur tête, notre pharaon Akhenaton qui rassembla les hyksos, les habirous, les hibrims et ses disciples qui n'acceptaient pas sa destitution. Pour nous, pour eux, la promesse de vivre ensemble au pays d'Amourrou, de nous unir grâce à notre unique Dieu, qui a créé tout ce qui est, Dieu d'amour et de tous. Yahu, l'Un, l'Ineffable qui s'est formé de ses propres mains. Il est Aton, porte du jour qui s'ouvre la nuit, notre Yahu, la grande unité qui nous a rassemblés.*

Ensemble nous participons au rayonnement de son énergie divine, ensemble nous nous élevons vers sa lumière. Il est moi et je suis Lui. Nous sommes Un. Il nous mène au-delà du jour et de la nuit, de l'espace et du temps, de la vie et de la mort, du visible et de l'invisible, vers l'unique destinée, la vie éternelle. Je suis hier et je connais demain.

Nos deux communautés ont fusionné, nos filles et nos fils se sont mariés, mêlant nos descendances pendant ces longues années dans le désert. Nos enfants mâles ont été circoncis pour qu'il n'y ait plus de différences entre nous et en signe d'alliance de nos peuples sous son unique sauveur.

Amen, Amen, il a créé l'eau, la terre, l'air, la lumière. Respectons notre créateur qui demeure caché mais dont les manifestations sont visibles dans l'univers. Akhenaton, l'élu du soleil, roi de haute et basse Égypte fils d'Aton à Tell-el-Amarna, se reconnut petit enfant de Yahu et prit le nom de Mose lorsqu'il reçut les Tables de la Loi. C'est alors qu'il est né une seconde fois en redevenant tout petit enfant au pied du buisson ardent et en entendant le Très-Haut lui répondre : « Je Suis celui qui Suis. » Depuis, traditionnellement, nous répétons à quatre reprises dans nos prières « Je suis un petit enfant » en reconnaissance pour celui qui a assemblé et unifié les enfants d'Aton et de Yahu, les oppresseurs et les opprimés.

Amen est le fruit de notre union, héritage d'Aton et de ce qui existe. Amen dans toutes les bouches pour qu'à notre tour nous soyons les créateurs, inspirés par l'Unique et demeurant dans son unité. Notre Temple est à ciel ouvert et dans nos cœurs, nous n'avons aucune statue divine, aucune image, nous rendons grâce à Yahu en nous tournant simplement vers sa lumière.

Il nous demande de restaurer l'unité originelle, de ressouder la brisure en unissant l'époux à l'épouse, le monde supérieur et le monde inférieur, en devenant un avec nous-mêmes.

Les femmes sont égales des hommes parce que les émanations divines sont masculines et féminines. L'union charnelle est connaissance de la femme par l'homme. Quand l'harmonie divine règne entre les amants et dans le lit conjugal, l'union des corps est à l'image de la création du ciel et de la terre. Les pensées du couple s'unissent avec leurs corps. La semence reçoit les pensées et influence l'enfant conçu. Le rapport sexuel permet d'unir les aspects féminins et masculins de Dieu. Nous ne sommes pas uniques, nous sommes liens, nous sommes relations en pleine conscience. Chaque pensée, parole et action a des répercussions sur tout l'Univers. En corrigeant votre âme, vous corrigez le monde. L'Univers est une pensée. La matière est esprit. »

Ce dernier vase bouleversa leurs conceptions. Il amenait la révélation que deux personnages historiques distincts ne faisaient plus qu'un. Akhenaton, le pharaon Aménophis IV et Moïse auraient été le même homme. Un égyptien à la tête du peuple juif, non sémite, mais qui reconnaissait Yahu comme le même Dieu unique, Dieu d'Amour, Amon.

L'Égypte des pharaons au temps de Moïse et de l'Exode était celle du grand réformateur Akhenaton, un initié lui aussi, car il avait rejeté tous les dieux des pharaons qui l'avaient précédé pour proposer le monothéisme d'Aton, Dieu soleil, qui diffusait son énergie de vie et son amour sur la terre. Comme les kabbalistes, les fidèles d'Aton n'avaient pas besoin d'intermédiaire entre eux et Dieu. Akhenaton se positionnait cependant tel un prophète qui traçait la voie vers Aton.

Sanchez : « Il n'y a pas eu de conversion, les deux peuples ont fusionné car ils appartenaient au même Dieu et partageaient les mêmes valeurs et croyances. L'histoire s'est empressée d'effacer cet assemblage hétéroclite pour ne plus désigner qu'un seul peuple élu. Le monothéisme de Moïse est né de l'union ou de la réunion des Dieux Aton et Yahu. De deux religions, de deux peuples exclus rassemblés au mont Sinaï qui s'appelait alors le mont Horeb, le Tout-Puissant n'a voulu faire qu'un. Il a aboli leurs différences et c'est un exemple extraordinaire, remarquable que l'on peut réunir les courants religieux au lieu de les diviser et les opposer. Ce qui fut possible au temps de Moïse, et à partir de vision ou de pratiques très diversifiées, d'origines ethniques différentes, pourquoi cela ne pourrait-il plus se reproduire aujourd'hui ? »

Léa : « Les Esséniens ont probablement été à l'origine une petite communauté juive dissidente du courant traditionnel en 200 avant JC, un courant mystique proche des kabbalistes et des zoroastriens. L'influence perse du monothéisme d'Ahura Mazda a imprégné les textes et la spiritualité des Esséniens. Puis, ils se trouvèrent en communion de pensée avec ce juif nommé Jésus et ses disciples. Les Esséniens et les premiers chrétiens adoraient le même Dieu. Eux aussi se sont probablement unis contre l'oppresseur romain, ils recopiaient ensemble la Torah et plus tardivement les évangiles. Pas uniquement les évangiles reconnus par l'église, mais aussi les apocryphes retrouvés à Nag Hammadi, près de Louxor. La communauté a grandi, s'est diversifiée en accueillant les premiers chrétiens gnostiques et ils avaient une langue commune : l'araméen. D'Akhenaton en 1375 avant JC, aux Esséniens de Qumrân de 100 avant JC, nous sommes sans doute face au même phénomène, un mélange d'hébreux et d'égyptiens dissidents réunis en un seul peuple par Moïse/Akhenaton et un mélange d'hébreux dissidents et de populations étrangères unifiées par Jésus pour former les premiers chrétiens. Le défi d'aujourd'hui serait de réunir, non pas deux courants monothéistes mais trois ! »

Simon : « Si nous pouvons faire valoir notre découverte des origines égyptiennes de Moïse et du métissage du peuple hébreu qui aurait intégré les sources égyptiennes et perses, il ne subsistera alors plus aucun doute sur le tronc commun qui nous unit tous. Si nous considérons les Esséniens comme les premiers kabbalistes, on peut alors penser que Jésus était kabbaliste. Les racines du christianisme seraient dès lors à chercher dans le mélange de dogmes orientaux (Inde, Chaldée, Perse, Égypte) et de croyances hébraïques des écoles esséniennes kabbalistes auprès des prêtres dissidents chassés de Jérusalem. Cet assemblage a enrichi et nourri le groupe de juifs Esséniens et les premiers disciples du Christ avant qu'ils ne se séparent et ne constituent deux courants religieux. Ils ont sans doute été longtemps en connexion et sur un chemin de continuité avant de se dissocier puis s'opposer, se renier. La Kabbale et le christianisme ont en commun la doctrine du verbe, l'idée de fils de Dieu et la trinité. La bibliothèque de Qumrân contient les fondements de la pensée kabbaliste. Les Esséniens étaient un ordre mystique, sans doute une branche de l'école pharisienne juive car ils ont en commun leur rigueur dans l'observation des lois mosaïques : la croyance dans les anges et dans l'immortalité. »

Léa : « Jésus a probablement été formé auprès de rabbins pharisiens qui étaient les plus savants, les plus reconnus en Palestine mais il se montrait souvent en opposition avec eux. Il a très certainement reçu une éducation essénienne. Jésus va recevoir une éducation de rabbin et il est formé aux Écritures de son peuple. On l'appelle Rabbi. Il recevait aussi son enseignement, comme les kabbalistes, d'une connaissance qui lui venait directement du monde céleste, sans intermédiaire. L'autorité avec laquelle il enseignait était plus grande que celle des scribes et des rabbins du Temple. Et pourtant, il s'est démarqué de l'élite des rabbins, des docteurs de la foi, des pharisiens érudits en recrutant ses disciples parmi les hommes les plus humbles et « ignorants » en théologie, en sciences et en lettres. Ces hommes sans instruction vont répandre la bonne nouvelle, les évangiles, aux pauvres, aux esclaves, aux déshérités, avec ferveur et en maîtrisant le don de parole et des langues étrangères. La communauté des Esséniens de Qumrâm était dirigée par douze hommes qui comme les douze apôtres de Jésus partageaient les idées communes d'un esprit de paix et d'obéissance envers l'autorité, la communauté des biens, le mépris des richesses. Ils se déplaçaient sans provision et partageaient leurs repas ensemble. Ils rejetaient les sacrifices sanglants et l'esclavage. On les retrouve également sur les mêmes territoires que ceux arpentés par Jésus et ses disciples. Les Esséniens sont dans le midi de la Palestine, sur les bords du Jourdain, au lac de Tibériade et dans le désert. Jésus se sert d'une expression qui est présente dans les textes Esséniens, celle de *fils de lumière* ».

Les deux couples, au matin, étaient épuisés mais comblés par la tâche accomplie. Ce travail les avait soudés et ils ressentaient, les uns envers les autres, l'intensification de l'amitié qui les reliait mais celle-ci se trouvait maintenant reprise dans les liens plus vastes d'un champ d'amour inconditionnel. Il leur semblait être devenus, grâce à ces traductions, des *fils de lumière*.

Après avoir entreposé les vases dans les coffres du musée, ils ne se sentaient étrangement pas séparés d'eux. Ils n'avaient plus besoin de la matière des vases, ils étaient devenus les vases. Les inscriptions se trouvaient maintenant en eux, vivaient, vibraient en chacun. Ils ne voulaient plus se quitter, une force étrange les contraignait à rester ensemble comme si leur mission ne s'achevait pas avec la traduction et la transcription des textes. Ils l'avaient pourtant diffusée sur les sites d'information et ne doutaient pas que ceux-ci assureraient une couverture médiatique internationale de grande envergure.

Pourquoi ne parvenaient-ils pas à se séparer ?

Quelle était cette force qui les maintenait unis ? Au moment où ils se trouvèrent à l'extérieur de la fondation, ils se demandèrent soudain où aller, que faire lorsqu'on se mettrait à les contacter de partout dans le monde.

Simon : « Nous devons trouver un lieu où organiser les rencontres, un lieu qui puisse recevoir le public et transmettre l'énergie des vases ainsi que leur message. »

Il ne s'écoula que quelques secondes avant que tous les quatre pensent au même instant au même site : Megiddo. Ce lieu qui portait une histoire de 7000 ans avant JC au carrefour de l'Égypte, la Mésopotamie, l'Assyrie. Megiddo fut le théâtre de nombreuses batailles aux temps bibliques. Josué, David, Salomon et Josias en avaient fait leur cité et un refuge pour le peuple hébreu qui s'y installa dès 1200 avant JC.

Léa : « L'apôtre Jean annonce dans l'Apocalypse que Megiddo, à la fin des temps, verra s'affronter les forces du bien contre les forces du mal. Ces ruines contiennent encore les vestiges des 30 cités qui s'y sont succédé depuis la fin du néolithique et qui étaient également un lieu de culte, des premiers autels païens jusqu'au Temple qui accueillait l'arche d'alliance. Elles sont donc très chargées en énergies spirituelles bénéfiques mais aussi en énergies des combats, des destructions particulièrement négatives. Même s'il ne reste que des pierres, des murs à moitié effondrés, ceux-ci gardent la mémoire des forces contraires qui n'ont cessé de lutter entre elles. »

Léa connaissait le conservateur du site et les archéologues qui travaillaient à Megiddo.

Léa : « Je crois que si nous créons un événement à Megiddo avec les vases, nous pourrons compter sur le soutien et l'organisation de mes amis et collègues. Je me charge de les prévenir. Ils continuent leurs fouilles et recherches sur place, persuadés que ce site n'a pas achevé de nous révéler ses trésors. En parlant avec eux, je sentais leur passion et leur détermination à vouloir faire revivre Megiddo. Ces ruines continuaient à leur parler, ils étaient animés d'une sorte de fureur qu'on ne leur octroie plus de fonds pour la recherche et se mobilisaient par eux-mêmes pour ne pas interrompre leur mission archéologique. »

Simon : « Ils n'imaginent pas que les découvertes puissent venir d'un autre site et être acheminées jusqu'à eux. Comme s'il fallait rebâtir le Temple de Megiddo pour abriter les vases en guise d'ordre d'alliance. Les alliances sont quatre car il faut unir plusieurs couples, plusieurs peuples. On célébrera des mariages symboliques, rituels entre peuples ennemis. Ce qui se passera à Megiddo au moment de l'union sacrée aura des répercussions énergétiques et quantiques partout dans le monde. Nous serons sur un axe névralgique fondamental et les quatre vases seront disposés aux quatre points cardinaux. Ils restaureront la brisure, ils feront tomber les écorces recouvrant les étincelles de lumière des êtres, ils augmenteront les fréquences vibratoires pour qu'il n'y ait plus de séparation, de discorde. »

Léa : « Doit-on accomplir cette cérémonie en présence des futurs époux et représentants des ordres religieux ou devons-nous agir en secret et accomplir ce rite d'unification en dehors des couples que nous voulons marier ? Ils peuvent très bien refuser de participer, et peut-être que leur présence réelle n'est pas indispensable. »

Simon : « Nous pouvons les unir dans nos pensées et puiser dans cette action de noces divines. Un cantique des cantiques se matérialisant à Megiddo, abolissant nos haines millénaires et fratricides. Nous demanderons l'aide de Salomon, David, Josué, et Joshua qui ont fortifié cette colline pour tenter de préserver le peuple juif des agresseurs. Le seul combat que nous avons à mener est celui du guerrier spirituel qui combat les forces de la haine pour une victoire ultime des forces de l'amour. »

Les amis archéologues de Megiddo demandèrent à voir les vases avant de donner leur réponse. Ils avaient déjà pris connaissance des textes et se montraient impatients de découvrir les vases originaux. Ils avaient aussi dans leur laboratoire un appareil de datation des objets au carbone 14 conçu dernièrement et très précis. À Qumrân ou à Nag Hammadi, on pouvait parfois se trouver en présence de vases plus anciens ou plus récents que leur contenu mais ici, il ne pouvait y avoir de différence entre le moment où la terre avait été tournée, et celui où le texte avait été gravé sur son pourtour. Les deux opérations avaient dû être réalisées dans des temps très rapprochés.

Sanchez et Léa donnaient leur propre estimation de la datation, et lorsque les vases passèrent cette épreuve l'un après l'autre, l'âge des vases divergeait assez peu et se situait aux alentours de 60 à 200 après JC. Seul le vase couvert de hiéroglyphes remontait à 1200 avant JC. Un millénaire séparait le vase égyptien des autres et pourtant ils avaient été trouvés ensemble comme une pièce porteuse de la mémoire du peuple juif et égyptien, trace capitale de leur passé commun et unifié. Pendant plus de 1000 ans, ce vase antique avait été conservé, puis caché avec les autres car on voulait précisément le protéger d'une destruction. Notamment de la part de ceux qui ne voulaient pas que l'on se souvienne que c'était un égyptien qui avait fait sortir les hébreux d'Égypte. Ils sont nombreux, ceux qui réécrivent l'histoire et la modifient en supprimant les éléments dérangeants.

Les outils scientifiques avaient permis de vérifier et dater les vases. Il n'y avait plus aucun doute sur leur authenticité.

« On fabrique à la perfection tant de fausses pièces archéologiques, qu'il valait mieux s'assurer de leurs origines » précisait l'un des deux responsables du site de Megiddo.

Léa : « Où allons-nous installer les vases sur le site ? »

« Puisqu'ils étaient cachés dans une galerie souterraine, je propose qu'ils rejoignent l'artère principale de Megiddo, son tunnel creusé à la main et qui s'enfonce à 60 mètres sous la colline, avec le long couloir de 150 mètres qui rejoint la source d'eau pour acheminer l'eau en permanence. »

Léa : « Mais si aujourd'hui ces vases sont revenus à la lumière, n'est-ce pas dommage de les enterrer à nouveau, de les cacher aux regards ? »

Simon : « Ces vases ne sont pas comme des idoles à vénérer ! Ce sont des outils d'alliance et nous ne voulons pas éteindre leurs forces en les mettant en vitrine d'un musée. C'est une très bonne chose qu'ils demeurent cachés pour que ceux qui viendront ici ne soient pas là en touristes, mais apprennent à ressentir les forces invisibles, les énergies qui circulent par-delà la forme et la matière. Ces objets ne sont qu'un véhicule, comme le char de la Merkabah dans les visions d'Ézéchiel. »

Léa et Simon se séparèrent du groupe car ils voulaient se retrouver seuls pour partager l'expérience de leurs méditations à distance. La découverte des vases les avait extraits de cette retraite solitaire pour absorber toute leur attention, en les empêchant de se consacrer à leur amour. Ils réalisaient combien, pendant cet éloignement, ils avaient été proches alors que depuis leurs retrouvailles autour des vases ceux-ci les avaient remplis de leur présence comme des enfants réclamant soins et vigilance. Ils étaient devenus des parents responsables et cherchaient à retrouver l'insouciance amoureuse d'avant la mise au jour des vases.

Main dans la main, ils partirent se promener dans Megiddo, le soleil se couchait et les derniers visiteurs quittaient le site. Ils marchaient sur les grandes pierres blanches qu'avaient foulées avant eux Josué, David, Salomon et Josias.

Tels des enfants, ils jouaient à entrer et sortir des ruines d'un portail, simulant le franchissement rituel de tous les seuils, abolissant les frontières et les fermetures.

« Tout est ouvert ! » s'exclama Simon. « Il n'y a plus de séparation entre le dedans le dehors, le monde d'en haut et le monde d'en bas. »

« Traversons ce passage entre le visible et l'invisible, une trajectoire initiatique entre le monde des vivants et le monde des morts » ajouta Léa.

Les restes du portail de la cité de Megiddo leur permettaient d'accueillir l'invisible en eux. L'ancienne cité majestueuse, cette forteresse puissante, s'était dépouillée au fil des millénaires de ses apparats. Elle offrait maintenant pleinement la beauté de son vide. La chute des pierres, la disparition de ce qui enferme les guidaient vers la joie de ce qui s'offre.

Simon : « Je sens l'énergie du vide encore plus intense que la force des pierres. Comme si nous n'évoluions plus désormais dans le contenant mais dans son contenu. Il n'y a plus de porte, je deviens la porte. Ma Léa, viens dans mon cœur, c'est la plus petite des portes comme dans le Temple de Jérusalem qui recelait un très petit espace où seul pouvait accéder le grand prêtre pour prononcer le tétragramme de l'ineffable. »

Léa : « Les temples égyptiens possèdent aussi une succession de portes et de couloirs partant des pièces les plus vastes puis se réduisant jusqu'à accéder au minuscule *Naos*, leur cœur intime et sacré. Le plus petit espace permet d'accéder au grand tout. Il nous montre le chemin du dépouillement et de la pauvreté positive, l'accession au manque qui remplit. Une rétraction comme celle du créateur au moment du *Tsimtsoum* pour laisser entrer la lumière et le souffle de vie. Le désert m'a déjà ouvert tes portes, Simon.

J'étais dans le Temple de ton corps, j'accédais à ton Naos, le lieu de tous les possibles, ta chambre secrète. Je te cherchais au fond de ton cœur mais là, qui ai-je trouvé ? Moi-même ! Je croyais venir à ta rencontre mais tu me donnais rendez-vous avec tout ton amour. Cet amour intense m'incarnait au plus profond de ton être. Je ne m'appartenais plus, il n'y avait aucune coupure entre toi et moi. Tu réussissais ce saut quantique de me recréer à l'intérieur de toi. Comme les photons, j'existais par-delà l'espace et le temps, générée par tes pensées, tes prières.

Je croyais t'inviter en moi pendant ma méditation et je découvrais que tu m'avais déjà accueillie. Qu'il était bon de m'aimer au travers de l'amour que tu me donnais. Tu me montrais comment m'aimer inconditionnellement, abolissant la barrière entre nos corps et nos cœurs, j'étais déjà en toi et toi en moi et cela ne demandait aucun effort. Notre unité était une évidence. »

Simon : « Désirer entièrement, c'est créer ! Tu as pu te contempler en moi comme devant un miroir. Mon cœur est un vase rempli de toi, je suis ivre de notre amour et je n'ai plus jamais soif. Je peux t'aimer comme toi-même ! Je vis dans ma chair cette évidence que Dieu n'a pu créer qu'avec l'amour et à l'image de son amour. Ma Léa, tu surgissais de mon souffle, de mes paroles, de mon chant, de ma bouche et de mes baisers sur tes lèvres. *Pé' al Pé* : de la bouche à la bouche. Oui, je t'incarnais mais *tu seras celle que tu seras*, je préserve ton altérité pour unir nos différences. La femme est le devenir de l'homme. »

Léa : « Je ne sais pas si tu as bu à ma source ou si quelques philtres divins ont jailli des vases que nous avons exhumés pour susciter ce Cantique enchanteur ? »

Simon : « Crois-moi, nous sommes traversés par un autre souffle que le nôtre, c'est Lui qui respire par nos bouches. Il a choisi cette porte pour entrer en nous et nous inspirer. Dans le tétragramme, il y a deux fois la lettre *Hé*, lettre mystique qui est le souffle et qui possède une petite ouverture au sommet de la lettre pour laisser passer la lumière divine, disait Aboulafia. Abraham et Sarah furent pourvus d'un Hé dans leur nom au moment de leur conversion et de l'entrée du souffle divin en eux. Avant, ils s'appelaient Abram et Saraï. Saraï était stérile mais Sarah devint féconde. Les lettres donnent vie et sont créatrices, elles ne forment pas seulement les mots. Nos souffles animent les lettres quand le divin se pose sur nos lèvres. Comme lui, nous pouvons dire : que la lumière soit ! Les lettres privées de paroles et de souffles sont mortes, éteintes, fanées ; elles perdent leur caractère sacré, voilà pourquoi il ne faut pas lire la Torah silencieusement, il faut la chanter. »

Léa : « Nous avons lu et enregistré les textes sur les vases mais peut-être aurions-nous dû les chanter ? J'aimerais les entendre avec ta voix ! Moi, pendant ce temps, je danserai. Ces textes ont aussi un corps, une vibration qui nécessitent le mouvement. Ils sont une prière qui s'élance, flotte, virevolte dans l'air. »

Léa ramassa 22 petits cailloux sur le sol et les disposa dans une bouteille en plastique jetée par terre par un touriste. Elle transforma le déchet en maracas. « Les cailloux sont comme les 22 lettres hébraïques, ils vont accompagner ton chant pendant ma danse. Je te donnerai le rythme. »

Simon ouvrit sa tablette qui contenait en mémoire les traductions des vases. « Dans quelle langue, veux-tu que je chante ? »

« En hébreu, bien sûr ! »

Ils choisirent de chanter les deux premiers textes au sommet de Megiddo, d'où l'on pouvait voir l'horizon dans toutes les directions, et les deux autres textes sous la terre, à 60 mètres de profondeur, dans les antiques conduites hydrauliques de l'époque romaine.

Simon : « Ma chérie, nous allons unir le haut et le bas, le céleste et le terrestre, le masculin et le féminin, la lettre et le chant, l'immobilité et la danse, le passé et le présent, le présent et le futur, l'ombre et la lumière. Il n'y aura plus de dualité. »

Au signe de tête de Simon, Léa agita le maracas et tangua de gauche à droite et puis d'avant en arrière comme si elle indiquait de tout son corps les points cardinaux. Simon prit une gorgée d'air et dirigea son chant, son souffle sur Léa, telle une bourrasque qui soulève ses pieds de terre et l'élève vers le ciel. Les 22 cailloux opéraient tels des secousses qui électrisaient la voix de Simon. Celle-ci était réverbérée dans l'immensité des lieux et le vent l'accompagnait par des rafales sur les eucalyptus dont les feuilles applaudissaient en cadence la mélodie.

Il chantait, elle dansait, il chantait, elle dansait.

Le corps de Léa devint vase, ses courbes dessinaient des vagues. Elle tournait sur elle-même de plus en plus vite et Simon vit sa Léa en terre d'argile qui s'évasait, se creusait entre ses mains. Il caressait ses reins, façonnait ses seins et voyait le texte du chant se graver tout autour d'elle en une partition infinie. Les lettres et les notes de musique s'unissaient, fusionnaient et s'accouplaient. Les lettres faisaient l'amour aux notes de musique sur le ventre de terre. Ils gravaient leurs étreintes sur son dos et voilà que le vase d'argile de Léa se mit à germer : son corps devint chant de lettres, son corps devint champ de notes.

Simon acheva les chants des deux premiers vases et enchaîna avec les chants naissant sur la chair de sa bien-aimée.

La voix de Simon et la danse de Léa créaient au-delà des vases ; les paroles nées de ces chants propageaient une énergie dense et diffuse, une œuvre alchimique qui transmutait les sons en les animant mais ce n'était pas la matière qui se modifiait, c'étaient les êtres vivants.

La création n'aurait pas pu émerger sans l'amour qui unissait Simon et Léa. Le créateur les avait longtemps cherchés sans les trouver. Il avait attendu cette rencontre, il n'avait pas joué l'entremetteur mais avait espéré cette union. La Torah l'avait annoncée dans le Cantique des Cantiques mais jusque-là aucun couple n'était parvenu au seuil d'un si grand Amour.

Après la *Chevira* d'Adam et Ève, le Très-Haut guettait quel homme et quelle femme opéreraient le *Tikkoun* réparateur de la brisure originelle ?

Même le rabbin Jésus n'avait pu passer assez de temps aux côtés de Marie-Madeleine pour que son amour infini opère cette action de grâce. Il l'avait pourtant clamé haut et fort : « *Aimez-vous les uns les autres comme je vous ai aimés* » et « *Aime ton prochain comme toi-même !* » On ne l'avait pas cru, on l'avait condamné au silence. La tâche paraissait simple et cependant c'était la chose la plus difficile à accomplir pour l'homme.

Le Créateur avait entendu le chœur de chairs de Simon et Léa, il avait reçu les paroles sacrées et il avait dansé dans leurs bras enlacés. Les corps des amants tels des arbres enracinés dans la terre, les membres dressés vers le ciel, incarnaient les attributs des dix Séphirot. Il vit que cela était beau !

Enfin, il accepta que leurs bouches d'amour pur prononcent son nom. Elles donneraient force et puissance à ce nom pour que celui-ci agisse sur les cœurs et la conscience de tous. Les quatre lettres du tétragramme partiraient de par le monde comme des flèches salvatrices et pacificatrices. YHVH avait enfin trouvé ses porte-paroles : la femme, l'homme et les quatre vases unificateurs, l'arche d'alliance tant attendue !

Ils se trouvaient non pas sur la terre promise mais sur la terre de la promesse ! Les traducteurs avaient commis une grave erreur de sens et cette maladresse était à l'origine de bien des guerres et des haines. La correction du mot corrigerait les cœurs et réparerait les blessures.

Le *Tikkoun* commence avec la parole car au commencement était le verbe. L'aleph divin s'est retiré, *Tsimtsoum* pour donner place à la deuxième lettre, le beth de beréchit. Il faut être deux pour donner, recevoir, ouvrir. La porte de daleth s'ouvrait pour laisser passer la lumière.

Les cantiques de Simon sous la terre de Megiddo agirent comme perfusion dans les veines souterraines d'un élixir d'amour, un aphrodisiaque planétaire, véhiculé par la vibration des voix et les ondes terrestres. Les ondes quantiques parcouraient la planète et pénétraient les cœurs de pierre.

Leur duo projetait la lumière de leurs ombres sur les parois du souterrain.

La colline de Megiddo reçut dans ses entrailles et ses organes blessés les outils de guérison, la pulsation de vie qui transformera ce champ de bataille millénaire en sanctuaire éternel de paix, de réconciliation et d'union.

Les vases furent déposés à la juste place qui leur avait été comme soufflée à l'oreille par Celui qui sait.

Ces positions cardinales répondaient aux vestiges de portes se trouvant à la surface ainsi qu'aux positions célestes des quatre équinoxes. Tout s'articulait selon un ordre parfait et ils ressentirent qu'une harmonie intense les envahissait.

Les jours qui suivirent, ils s'aperçurent que cette sensation d'harmonie et de sérénité s'amplifiait, s'accélérait, comme une force exponentielle. Le rayonnement dépassa le périmètre de Megiddo pour atteindre les premières villes environnantes, Haïfa à 30 kilomètres d'abord et puis Jérusalem à 90 kilomètres de là. Les tensions dans ces villes s'apaisèrent peu à peu et l'on vit les habitants rivaux auparavant, s'associer, fraterniser et des couples se former.

Les gouverneurs des villes et du pays trouvaient soudainement des accords, des collaborations ainsi qu'un partage équitable des ressources. Ce pays qui était de tout temps objet de luttes et de convoitises devint un exemple de paix qui semblait étendre peu à peu ses racines sur d'autres terres, d'autres continents.

L'*apocalypse* tant annoncée à Megiddo, comme son nom l'indiquait, fut la *révélation* de l'amour divin incarné dans un couple qui déversait les Saintes Écritures des quatre vases et leur amour infini.

La lumière fut victorieuse à jamais sur l'ombre.

Ein sof or !

Glossaire

Abraham Aboulafia

(1240-1291) Mystique et kabbaliste espagnol. Très jeune, Aboulafia partit à la recherche des tribus perdues d'Israël, établies, croyait-il au-delà du fleuve Sambatyon. Contraint d'interrompre sa quête, il se plongea dans l'étude du *Séfer Yétsira* et eut des expériences visionnaires. Fin d'atteindre à l'extase prophétique, il méditait sur des combinaisons de lettres de l'alphabet hébraïque et sur les noms mystiques de Dieu. Convaincu d'être le Messie, il se rendit à Rome en 1280 afin de convertir le pape Nicolas III au judaïsme. Arrêté et condamné au bûcher, il n'échappa au supplice que grâce à la mort du souverain pontife et, après une brève incarcération, fut remis en liberté. Il gagna alors la Sicile où il se présenta toujours comme le Messie et affirma être habité par l'Esprit saint.

Dictionnaire du Judaïsme, Alan Unterman,
éd. Thames and Hudson, 1997

Aboulafia et les écoles castillanes (XIIIe siècle)

L'enseignement de la Kabbale est passé de l'école de Gérone aux écoles juives de Castille (principalement à Ségovie, à Tolède et à Burgos) dans la première moitié du XIIIe siècle. La Castille devient alors le centre où se rencontrent tous les courants de la mystique juive. La littérature kabbalistique y affirme son caractère composite, issu de trois sources principales : le corpus des études juives anciennes (Talmud, Midrach, littérature synagogale, Littérature des Palais et textes apparentés) les philosophes juifs médiévaux (Abraham ibn Ezra, Bar Hiyya, Salomon ibn Gabirol, Juda Halevi, Maïmonide, etc.) les écrits platoniciens et néoplatoniciens, en particulier Philon d'Alexandrie, Plotin, Jamblique, Proclus, Jean Scot Erigène, etc.

La littérature kabbalistique y affirme également son projet : restaurer la tradition ésotérique du judaïsme ; élaborer un système à la fois philosophique et mystique afin de s'opposer au courant aristotélicien dominant, alors, dans les communautés juives, sous l'influence de l'école maïmonidienne.

Abraham Aboulafia se signale vers 1260 en Castille, à l'école de Tolède. Il y étudie la philosophie. Puis il y bénéficie d'une révélation prophétique qui lui enjoint d'aller rendre visite au Pape. Un kabbaliste extraordinaire, connu surtout pour le récit de ses voyages en Orient, en Grèce et en Italie, qu'il relate dans Le Livre du Témoignage. Mais il a écrit bien d'autres ouvrages — le Seva netivot ha-Tora (L'Épître des sept voies) et Le Sefer ha-Oth (Le livre du Signe), en particulier.

Aboulafia met en jeu un concept important pour les kabbalistes « desceller l'âme, enlever les nœuds qui la lient ». Ce « dénouage » est un moyen de retrouver l'état d'union originelle avec le divin. Ce « dénouage » démantèle les barrières qui séparent l'âme, d'une part, et le courant de la vie cosmique, de l'autre. L'âme est, en effet, confinée dans les limites de l'existence humaine et ces barrières l'empêchent de prendre connaissance du divin.

« Les préoccupations du monde physique sont autant d'obstacles sur la voie de l'illumination dont il faut se débarrasser par une discipline ascétique avant de s'engager dans la pratique de la méditation qui mène à l'union avec le divin. Toutefois, Aboulafia ne prêche pas une négation complète du corps. Il reconnaît non seulement que le bien-être psychologique de l'individu dépend de la réintégration dans le monde physique, mais aussi que l'union mystique elle-même fait l'objet d'une expérience en termes somatiques, voire érotiques »

Les sefirot, qu'Aboulafia assimile aux attributs (middot) de Dieu, sont les canaux par lesquels le flux supra-intellectuel s'épanche sur le mystique, en lui permettant d'accéder à la connaissance du divin. Toutefois, il considère la théorie dessefirot comme « un système plus primitif et de moindre valeur » que la science qu'il conçoit dans ses ouvrages.

Aboulafia répand une nouvelle discipline qu'il nomme Hochmah ha-Tseruf, la « science de la combinaison des lettres », décrite comme un « guide méthodique » pour la méditation en faisant appel à l'étude des lettres et de leurs graphies. Il compare cette méthode à la musique, les lettres prenant la place des notes dans la gamme. Il développe ainsi une propédeutique qui s'apparente aux expériences d'union mystique des soufis de l'Islam.

Aboulafia utilise aussi deux autres méthodes : Dillug et Kefitsa, le « saut » et le « bond », qui visent à passer d'une association d'idées à une autre à des fins méditatives. Il conseille également, lors des méditations, d'effectuer des exercices de respiration et d'adopter des postures spécifiques. Il inaugure un « nouveau mode d'être religieux, plus individualiste et libertaire, très en avance sur son temps », selon Mopsik, si en avance que les autorités rabbiniques entament avec lui une polémique qui l'oblige, finalement, à quitter la Castille vers 1270. Néanmoins il y a exercé une influence considérable.

Adam Qadmon

« L'homme primordial », être de lumière créé, selon la Kabbale, au commencement du processus d'émanation, Adam Kadmon est une manifestation transcendante de Dieu lui-même, une structure personnifiée constituée à partir des séfiroth. L'Adam terrestre que la Bible dit voir été créé à l'image de Dieu a, en réalité, été fait à la ressemblance d'Adam Kadmon et c'est ce dernier que, dans sa vision du char divin, Ezéchiel décrit comme « la figure à la ressemblance d'un homme » assise sur le trône céleste. Tous les mondes sont reflétés dans l'homme primordial et, à un moindre degré, dans son homologue humain qui peut, par la contemplation d'Adam Kadmon, accéder à la connaissance de sa propre nature spirituelle.

Dictionnaire du Judaïsme, Alan Unterman,
éd. Thames and Hudson, 1997

Ahavah

Éthymologie « je subsisterai », « ruisseau »

Ahavah Musteret « amour caché » lié à l'âme hébraïque qui est cachée dans le cœur et provient des patriarches et matriarches bibliques, tel un héritage collectif.

Ahavah Rabbah « grand amour », en référence à l'amour altruiste pour Dieu de la part d'un individu, sans attente de bénéfice personnel mais comme réponse naturelle à la bonté de Dieu. C'est une expérience spirituelle et émotionnelle générée d'en haut et considérée comme un don divin.

Ahavah Zuta « petit amour » qui part du cœur de l'individu et s'exprime au travers de la méditation et de la prière d'en bas, contrairement à la Ahavah Rabbah, amour généré d'en haut, de Dieu, et concédée comme un don.

Kabbalah, Gabriella Samuel, ed. Oscar Mondadori, 2011

Ahura Mazda

Le zoroastrisme est la première religion monothéiste dont Ahura Mazda est le Dieu, seul responsable de la mise en ordre du chaos d'origine le créateur du ciel et de la terre. Le zoroastrisme est une réforme du mazdéisme, prophétisée par Zarathoustra, dont le nom a été transcrit Zoroastre par les Grecs. Cette réforme, fondée au cours du 1er millénaire avant J.C. dans l'actuel Kurdistan iranien (Iran occidental), est devenue la religion officielle des Perses sous la dynastie des Sassanides (224-651), jusqu'à l'arrivée de l'Islam.

Les zoroastriens respectent le feu comme symbole divin. Zoroastre prêchait un dualisme reposant sur la bataille entre le Bien et le Mal, la Lumière et les Ténèbres. Le principe de Zoroastre est qu'il existe un esprit saint (Spenta Mainyu), fils de Ahura Mazda, et un esprit mauvais (Angra Mainyu), esprit incréé, opposés mais indissociables car représentant le jour et la nuit, la vie et la mort. Ces deux principes coexistent dans chacun des êtres vivants.

www.histophilo.com/zoroastrisme.php

Bahir

Signifie clarté, splendeur. Le Bahir est une importante œuvre mystique écrite par Nehuniah ben Hakanah en Provence au XIIe siècle. Le Bahir décrit très précisément les méthodes de méditations et est considéré comme la plus importante œuvre kabbaliste écrite.

Binah

Signifie « compréhension », elle est la seconde des dix sephirot de l'arbre de vie kabbaliste. C'est la pensée analytique, la faculté intellectuelle, la capacité d'identifier dans un concept général les éléments qui le composent.

Binah est une « compréhension intuitive » ou « contemplation ». Il est comparé à un « palais de miroirs » qui reflète le point pur de lumière de Chokhmah, la sagesse, qui l'augmente et le multiplie d'une variété infinie de façons. En ce sens, c'est la « carrière », qui est taillée à la lumière de la sagesse. C'est le ventre qui donne forme à l'Esprit de Dieu. Sur le plan psychologique, Binah est une « sagesse traitée », également appelée raisonnement déductif.

Chevira, Shevirah

Concept tiré de la Kabbale de Rabbi Isaac Louria. Il y a trois moments essentiels dans la pensée d'Isaac Louria : le tsimtsoum (le retrait), la chevira (la brisure) et le tiqoun (la réparation). La chevira ou la brisure des vases est la deuxième étape du processus de la Création de Louria. Après le tsimtsoum, la lumière divine jaillit dans l'espace vide sous forme d'un rayon en ligne droite. Cette lumière se nomme Adam Qadmon, c'est à dire l'homme primordial. L'Adam Qadmon n'est rien d'autre qu'une première figure de la lumière divine qui vient de l'essence de l'en sof (infini) dans l'espace du tsimtsoum. Ces lumières étaient contenues dans des vases solides. Quand ces lumières en émanèrent, leur impact se révéla trop fort pour leurs récipients qui, ne pouvant plus les contenir, éclatèrent.

Mystère de la Kabbale, Marc-Alain Ouaknin, éd. Assouline, 2006

Cyrus le Grand

Roi vers 559 av. J.C. À 530 av. J.C., est le fondateur de l'Empire Perse.

Hassid

Le hassid est un mystique, un pieux, un dévot de Dieu. Courant mystique fondé par le Baal Chem Tov au 18e siècle, le hassidisme, par son exigence de sincérité dans la piété s'est diffusé rapidement en Europe orientale tout au long du 19e siècle.

Hessed

La quatrième des dix sephirot qui exprime la bonté illimitée et la grâce. Les attributs d'Hessed stimulent les actes de générosités et de bonté d'âme et encouragent à dépasser les limites de l'ego. Bonté, Miséricorde, Charité, générosité sans calcul. Amour et pardon. Au niveau de l'affectivité. Émotion intérieure, active (illimitante). Sur le plan humain : amour, tolérance, générosité.

Hidouch

Un hidouch est une interprétation innovante, c'est-à-dire un sens nouveau qu'un lecteur [ou un artiste] produit par sa lecture singulière d'un texte [ou son œuvre]. Par la pratique de la hithadechout talmudique, le monde s'offre d'une manière neuve. Cela vaut pour le quotidien, et aussi pour la tradition, qu'il faut chaque jour ouvrir, débarrasser de sa clôture. « Hayom Hazé Hachem Eloquekha metsavekha laassot » est-il dit dans la bible (Deut 26:16). « Aujourd'hui même, Dieu t'ordonne de faire », comme si aujourd'hui était le jour de la révélation.

Pour qu'un texte sacré soit un livre, il faut qu'il soit à l'origine de l'ouverture d'une bouche, c'est-à-dire qu'il génère une parole parlante. Cette parole est en excès sur notre être naturel. Contrairement à la « parole parlée » — c'est-à-dire figée —, elle n'est jamais acquise. Elle n'est pas produite par le temps, mais elle est le changement qui produit le temps (et aussi le monde, l'histoire). C'est l'événement ou l'avènement d'un sens nouveau, originel, le passage d'un sens à un autre sens, une discontinuité dans l'être.

On ne peut pas y accéder par le savoir, mais au contraire en restreignant son savoir. Il faut pour cela produire de nouveaux signifiants qui jouent sur l'équivoque et la polysémie des mots. Les mots sont ouverts à tous les sens, comme l'était la manne que les Hébreux recevaient dans le désert, qui pouvait prendre tous les goûts. Ils contiennent toujours plus qu'ils ne contiennent, comme les livres.

Cette définition est issue de deux textes différents de Marc-Alain Ouaknin sur le hidouch (*Tsimtsoum* p117 et *Le Livre brûlé* pp242-243).

Hokhmah

Hochmah se traduit en « sagesse » est la première des dix sephirot. Hochmah fournit aux êtres humains la faculté de perception, source de toutes formes de conscience du bien et du mal. Dans la mystique juive du Zohar, c'est la première étape de transformation des émanations de Ein Soph or, après leur manifestation initiale par Kether. C'est donc la première étape de la création active, mais à ce stade, le monde est encore indifférencié.

Hokmah introduit la capacité à devenir. C'est l'étape où est acquise l'impulsion primordiale, le primum mobile, qui pousse la créature dans l'existence. C'est la « force » primitive dans le processus de création. La création gagne ici sa force fondamentale, son désir de devenir.

Hokmah est associée à la perception soudaine d'intuitions fulgurantes, sous le titre de « intelligence illuminante ». La « sagesse » de Hokmah est la capacité à examiner la réalité à son niveau d'abstraction le plus élevé, jusqu'à être capable de percevoir ce qui en fait la vérité essentielle.

Devekut

Signifie « dévotion ». En Kabbale, c'est un état psychique particulier atteint durant la méditation et la prière où toute l'attention, les sensations et les facultés intellectuelles sont tournées vers Dieu et en communion avec lui. Les kabbalistes méditent, prient et se concentrent sur les paroles ou les lettres pour atteindre la Devekut. Celle-ci se dissout lorsque l'on abandonne l'état méditatif. Pour certains maîtres de sagesse, la Devekut ne peut être produite par l'individu mais elle est accordée par Dieu à celui qui accompli les 248 préceptes positifs de la Torah.

Ein sof, En sof

« L'Un infini » ou le « sans fin » l'infini. L'ein sof est la première émanation de la transcendance primitive et indescriptible qui crée les Sephirot, les attributs divins et ensuite toute la création, y compris la manifestation divine. La Kabbale enseigne que dans les profondeurs de la neshamah (l'âme divine) se trouve une parcelle de l'ein sof et qu'au travers de la transcendance du moi ou de la méditation, l'étincelle de l'ein sof se réveille et peut participer à la correction des mondes inférieurs et supérieurs (Tikoun).

Esséniens

Les esséniens étaient une communauté qui a vécu entre le deuxième siècle avant J.C. et le premier siècle près de la mer Morte. Ils étaient des ascètes juifs rassemblant de nombreux scribes. La secte juive qui disparaîtra vers 68 après J.-C., a bénéficié d'une connaissance nouvelle avec la découverte, en 1947, d'un nombre important de manuscrits recueillis lors des fouilles du Khirbet Qumrān, sur la rive nord-ouest de la mer Morte. Les manuscrits de la mer Morte constituent une somme de connaissance exceptionnelle sur les esséniens encore à l'étude à ce jour.

Gematria

Les kabbalistes analysent et étudient les paroles et la disposition des lettres en les combinant à des valeurs numériques pour révéler les rapports et les significations profondes spirituelles ou secrètes cachées à l'intérieur du texte sacré. Selon la mystique hébraïque toute la Création dérive de la Parole Divine et la sagesse de la Création est contenue dans la Torah. Le kabbaliste est un chercheur pour tenter de déchiffrer le code secret de la Torah pour que ces découvertes lui ouvrent les portes d'une réalité supérieure. La Gematria existait déjà dans la culture grecque, babylonienne et syriaque, avant d'être introduite dans la Kabbale comme système d'enquête de la réalité et de révéler les mystères du vivant.

Gilgoul

Gilgoul est la forme abrégée de l'expression hébraïque gilgul neshamot qui signifie « incarnation des âmes ». La forme plurielle des incarnations est gilgulim. La réincarnation, ou la transmigration des âmes, apparaît pour la première fois dans les Sefer-ha-Bahir au XIIe siècle. On ne trouve pas ce terme dans le Talmud ou dans d'autres textes antiques. Après le rejet de ce concept durant l'époque médiévale, la réincarnation va occuper une place essentielle dans la littérature mystique hébraïque. Elle a un rôle principal dans le Zohar et devient une des doctrines les plus importantes de la Kabbale. Le rabbin Isaac Louria de Safed a surtout diffusé l'idée de la réincarnation dans la philosophie et la mystique hébraïque. Le gilgoul permettait à l'âme de réparer les actes des précédentes incarnations.

Golem

Le Golem signifie en hébreu : « embryon », « informe » ou « inachevé ». Dans la mystique puis la mythologie juive il est un être artificiel, généralement humanoïde, fait d'argile, incapable de parole et dépourvu de libre-arbitre façonné afin d'assister ou défendre son créateur.

Déjà mentionné dans la littérature talmudique, il acquiert une popularité considérable dans le folklore juif d'Europe centrale, où il est associé à la figure du Maharal de Prague. Dans l'une des versions les plus populaires de sa légende, reprise par certains contes chrétiens, il naît de la terre glaise après que quatre sages, figurant les quatre éléments, ont pourvu sa matière informe de leurs attributs ; sur son front figure le mot emet (« vérité ») qui devient, lorsque sa première lettre est effacée, met (« mort »), faisant retourner l'homme artificiel à la poussière.

Hod

La huitième des dix sephirot sur l'arbre de vie. Hod est la sephira de la splendeur. Quand une personne doit affronter des difficultés, hod fournit la force de persévérer et la profonde conscience intérieure pour que tout advienne selon le parfait plan divin.

Isaac Louria

La Kabbale lourianique est issue de l'enseignement (essentiellement oral) d'Isaac Louria (1534-1572), surnommé le Ari (le lion) un maître de l'école kabbalistique de Safed, en Galilée. L'ensemble des théories qui la constituent a été exposé par plusieurs de ses disciples, principalement par Haïm Vital (1542-1620) et par Joseph Ibn Tabul (1545-1610), dans des ouvrages dont le plus connu est le Sefer Etz Hayyim (le Livre de l'Arbre de Vie). La Kabbale lourianique joue un rôle considérable dans la culture juive. Elle a fait l'objet de nombreuses études historiques, notamment par Gershom Scholem (1897-1982) et Charles Mopsik (1956-2003).

La création du monde : « Qu'est-il arrivé avant le commencement des temps pour que commencement il y ait ? » Jusqu'à ce qu'Isaac Louria s'intéresse à cette question, le Dieu des religions n'avait d'intérêt qu'en tant qu'il se manifestait aux hommes. Le Dieu d'avant la création n'était ni un souci, ni un problème important, selon Charles Mopsik.

« Comment Dieu créa-t-il le monde ? — Comme un homme qui se concentre et contracte sa respiration, de sorte que le plus petit peut contenir le plus grand », explique Isaac Louria. Louria conçoit ainsi la première manifestation de Dieu. Nahmanide, un kabbaliste du XIIIe siècle, imaginait déjà un mouvement de contraction originelle, mais jusqu'à Louria, on n'avait jamais fait de cette idée un concept cosmologique fondamental, remarque Gershom Scholem.

« La principale originalité de la théorie lourianique tient au fait que le premier acte de la divinité transcendante — ce que les kabbalistes appellent le En Sof (l'Infini) — n'est pas « un acte de révélation et d'émanation, mais, au contraire, un acte de dissimulation et de restriction. »

Le tsimtsoum : le retrait de Dieu

Cette thèse part de l'idée que la transcendance divine, le En Sof, ne laisse aucune place à la création, car il n'est pas possible d'imaginer en son être un domaine qui ne soit pas déjà en lui, puisque ce domaine, alors, contredirait l'infinitude du En Sof. Par conséquent, la création n'est possible que par « le retrait de Dieu en lui-même », c'est-à-dire par le tsimtsoum par lequel Dieu se contracte ou se concentre en lui-même pour permettre à quelque chose qui n'est pas le En Sof d'exister. Cette contraction ou concentration crée le vide, c'est-à-dire l'espace, à l'intérieur duquel le cosmos prend place et s'organise peu à peu en se déployant à travers toute une série de mondes entrelacés. Une part de la divinité se retire afin de laisser place au processus créateur du monde, un retrait qui précède toute émanation, selon Louria. La tradition talmudique mettait déjà en jeu le tsimtsoum. Ainsi, selon le Talmud, Dieu se contractait en lui-même pour se loger en un lieu unique, le Saint des saints du temple de Jérusalem. Mais Isaac Louria donne au tsimtsoum la signification inverse, note Scholem : « Il ne s'agit pas de concentration de la puissance de Dieu en un lieu unique », chez Louria, « mais de son retrait d'un lieu ». Le lieu dont Dieu se retire ne consiste qu'en un « point », comparé à son infinité, mais ce point vide, ce point spatial, comprend le monde et tous ses degrés d'existence, tant spirituelle que corporelle, selon Louria. C'est l'espace primordial, appelé tehiru, par Louria, un terme repris du Zohar.

Le jugement et la miséricorde

Le En Sof, selon Louria, comprend deux aspects fondamentaux : celui de la Miséricorde (l'aspect masculin) et celui du Jugement (l'aspect féminin). L'un comme l'autre sont en lui de toute éternité. Mais l'un d'eux, l'aspect du Jugement (din), n'a pas de localisation propre : il est dissout comme du sel dans l'océan de la pure miséricorde. Le jugement y est imperceptible, « comme des grains de poussière infinitésimaux perdus dans un abîme de compassion sans bornes ».

Premier mouvement dans le En Sof allant vers l'émanation et la création des mondes, ces grains infimes de jugement, dissous au point d'être dépourvus de toute réalité propre, ces grains de jugement se recueillent et se condensent.

Ce degré zéro de manifestation équivaut au passage du néant à l'être, observe Charles Mopsik : « La création ex nihilo (yéch méayin), désigne ici le recueillement du Jugement, sa venue à l'être ou sa manifestation. »

L'être (doué du jugement) qui émerge primordialement du néant et qui constituera l'ossature des mondes, est à la source de toute rigueur et de toute sévérité, pour Louria. Cette émergence entraîne aussitôt un retrait de la puissance de miséricorde qui constitue les « masses d'eaux » de l'océan primitif, à savoir le En Sof.

Ce retrait de l'océan de Miséricorde fait place à quatre mondes successifs : le monde de l'émanation ; puis le monde de la création ; puis le monde de la formation ; enfin le monde de la fabrication (c'est-à-dire le monde actuel).

Le monde de l'émanation

En se retirant, Dieu laisse comme des traces de vagues sur une plage, des traces que Louria assimile aux reflets de la lumière de la Miséricorde, une sorte de résidu d'infini lumineux dans un univers limité par la puissance restrictive du Jugement. Le tsimtsoum produit une sorte d'inversion : ce n'est plus le Jugement qui ressemble à du sel dissous dans l'océan de la Miséricorde ; c'est la Miséricorde, désormais, qui ne subsiste plus qu'à l'état d'un reflet lumineux dans un univers où le Jugement domine. Le tsimtsoum est un acte de jugement et d'autolimitation. Le processus de création qu'il inaugure se poursuit par l'extraction progressive et par la purification de la puissance du Jugement (de la même manière que du sel extrait de l'eau de mer et purifié par vaporisation), alors que la lumière de la Miséricorde, omniprésente avant le tsimtsoum, ne subsiste plus dans le monde créé que comme « des gouttes d'huiles attachées aux parois d'un récipient après qu'il a été vidé. Ce reflet lumineux est appelé reshimou. C'est ce reflet qui va permettre au En Sof de faire descendre un Yod, la première lettre du Tétragramme, dans l'espace primordial. Le Yod crée, en puissance, l'écriture et la lecture. Il contient la puissance de formation et d'organisation de toute chose. L'émanation divine agit, d'une part, comme outil de mise en forme qui descend du En Sof pour apporter ordre et structure dans le chaos de l'univers primitif, selon un mouvement descendant. L'émanation divine agit, d'autre part, comme récepteur de la lumière du En Sof, réfléchissant sa lumière, dans un mouvement ascendant. (Louria reprend ici la théorie émise par son maître, Moïse Cordovero.)

Le monde de la création est une représentation de l'émanation des cercles et du rayon du En Sof d'après la théorie lourianique.

Le tsimtsoum, en se produisant pareillement de tous les côtés de l'espace, crée une forme sphérique. La lumière divine se déploie en cercle concentriques qui épousent la sphéricité de l'espace primordial (tehiru). Ce processus génère la création des « vases » (kelim) dans lesquels la lumière divine est recueillie et réfléchie. Toutefois, la lumière divine prend également la forme d'un rayon linéaire qui tend à former le « vase » appelé Adam Kadmon (l'homme primordial). La plus harmonieuse des deux formes est le cercle, parce qu'il participe à la perfection du En Sof en s'adaptant naturellement à la sphéricité de l'espace créé, alors que le rayon linéaire va à la recherche de sa structure finale sous la forme d'un homme. Le cercle est la forme spontanée. La ligne est la forme voulue, orientée vers l'image de l'homme. La forme d'un cercle et celle d'un homme indiquent, désormais, « les deux directions dans lesquelles se développent toutes les choses créées ». La forme linéaire, humaine, prend une valeur supérieure à celle du cercle. Le rayon qui crée l'Adam Kadmon émane, en effet, directement du En Sof, tandis que les cercles qui éclairent l'espace ne sont que des reflets indirects de la lumière divine. La forme linéaire, humaine, obéit au principe du ruah (le souffle divin). La forme circulaire, au principe de la nefesh (la perfection naturelle). De plus, l'Adam Kadmon intègre en lui les cercles lumineux, grâce au Yod qui lui permet de distinguer dix sphères, dix réceptacles, dix vases de lumière divine, s'imbriquant concentriquement les uns dans les autres. La plus extérieure, la sphère de Keter (la Couronne), constitue la première sefirah, qui reste en contact avec le En Sof environnant. Comme dans un jeu de poupées russes, les neuf autres sefirot se rétrécissent de plus en plus en soi, jusqu'à la dixième, Malkhout (le Royaume), la sphère la plus éloignée de Dieu, le plus ordinaire et la plus basique.

Le monde de la formation : L'Adam Kadmon et les dix sefirot

En soi, les dix sefirot se redisposent elles-mêmes en ligne, en s'adaptant à la forme d'un homme et de ses membres. Le dixième sefirah, la plus basse, s'associe aux pieds de l'homme. La première, la plus élevée, s'associe à son front. Les autres se répartissent dans son anatomie. (Tout cela se comprenant métaphoriquement, car il est entendu que les sefirot constituent des entités purement spirituelles.) Cependant les sefirot prennent également la forme de lettres, d'autres celles de signes grammaticaux, de sorte qu'elles rassemblent toutes les composantes de l'Écriture sainte. Ainsi, deux systèmes symboliques se superposent dans les sefirot : celui de la lumière et celui du langage. Les lumières des sefirot se combinent pour former des noms dont les puissances latentes deviennent agissantes. Ces noms, porteurs à la fois de lumière divine et de parole, investissent la tête de l'homme, qui va les diffuser à son tour.

Les lumières qui sortent des yeux de l'homme se propagent à la fois circulairement et linéairement. Les yeux restent comme « fixés » sur l'espace, alors que les lumières qui sortent de la bouche, des oreilles, du nez (les lumières qui correspondent aux autres sens que la vue), originellement sphériques en soi, épousent la forme d'une ligne droite, plus directe et dynamique que le cercle. L'ouïe, l'odorat, le goût, le toucher, prennent ainsi une valeur supérieure à celle de la vue, dans la théorie lourianique. Réorganisées dans le corps symbolique de l'Adam Kadmon, les dix sefirot (les dix lumières primordiales) établissent entre elles des circuits qui accroissent considérablement l'intensité lumineuse des vases qui les contiennent.

La Chevirat haKelim : la brisure des vases

Les trois premières sefirot, les trois premiers vases — la Couronne (Keter), la Sagesse (Hokhmah), l'Intelligence (Binah) — disposent d'un réceptacle assez solide pour supporter la croissance de l'intensité lumineuse, mais les vases des sept autres sefirot sont trop fragiles pour contenir l'afflux de la lumière. Ils se brisent. C'est la chevirat haKelim, la « brisure des vases ».

Les six vases — qui contiennent successivement la Générosité (Hesed), la Justice (Gevourah), la Beauté (Tifarerh), l'Éternité (Netsah), la Gloire (Hod), le Fondement (Yesod) —, ces six vases, ces six sefirot, éclatent. La dixième sefirah, le dernier vase, le Royaume (Malkhout), se fêle également, mais ne se subit pas autant de dommages que les six précédents.

Ainsi la lumière contenue dans ces sept vases se disperse dans l'espace. Une partie de leur lumière retourne à sa source, absorbée par le En Sof. Le reste de leur lumière s'attache aux morceaux brisés des vases, précipités dans l'espace, et comme recouverts d'une écorce, d'une coquille, d'une kelippah, qui empêchent leurs étincelles d'apparaître. Ces tessons forment la matière grossière et stérile.

L'origine du mal

Les étincelles de lumière divine restent captives des kelippot, réduites à l'état de déchets, en quelque sorte. La « brisure des vases » opère une rupture catastrophique entre les trois sefirot les plus élevées (la Couronne, la Sagesse et l'Intelligence) et le sefirah la plus basse (le Royaume). Les communications sont rompues entre le haut et le bas, puisque les six sefirot intermédiaires ne sont plus que des débris. Cette rupture de communication est à l'origine du mal, selon Isaac Louria, dans la mesure où elles retiennent une lumière indispensable à l'accomplissement de la création jusqu'à sa perfection. Les kelippot, les « coquilles », rendent obscur ce qui pourrait paraître clair. Elles engendrent les contresens, les erreurs, les méprises et, en somme, les puissances dont profite le mal, selon Louria.

La structure défaillante de la création divine, présente dans la Kabbale depuis Isaac l'Aveugle (1160 - 1235), trouve une explication chez Isaac Louria. La puissance du Jugement (din), parce qu'il restreint considérablement la puissance de Miséricorde (en quoi consiste la lumière divine), quand se produit la création du monde, fragilise tout l'édifice séfirotique. Le Jugement ne forme pas de vases assez solides pour supporter un afflux intense de compassion. C'est pourquoi, au-delà des kelippot, le Jugement se trouve à la racine du mal.

« Les kelippot ne sont rien d'autre que les produits dérivés du din (le Jugement), c'est-à-dire de la rigueur divine », observe Charles Mopsik. Toutefois, les kelippot n'agissent jamais « contre Dieu, ou en opposition avec lui, elles demeurent subordonnées à lui, et même figurent ses instruments par le biais desquels Il châtie les hommes à cause de leurs iniquités. Sous leur aspect de séducteurs qui entraînent leurs victimes à fauter, elles sont les agents d'épreuves auxquelles Dieu soumet les homme. »

Le Tikkoun : la réparation

Étape charnière de la création du monde, la « brisure des vases » exige une réparation, un tikkoun, que les hommes doivent opérer afin d'extraire des « coquilles » les étincelles qui permettent de restaurer les vases brisés. Cette réparation est d'abord un processus interne aux mondes divins, une sorte d'auto-organisation du chaos (tohu) qui résulte de la brisure. Cette réparation première donne naissance à des parzufim, à des « visages ».

Les trois sefirot les plus élevées, toujours intactes, (la Couronne, la Sagesse, l'Intelligence), prennent chacune l'aspect d'un visage différent. Ces visages offrent aux hommes un moyen de réindividuation et de redifférenciation qui va leur permettre de réparer la brisure entre la Miséricorde (le pôle masculin) et le Jugement (le pôle féminin). Ces visages servent « d'archétypes suprêmes à cet accouplement (ziwwug) procréateur », remarque Scholem. « Dans son aspect métaphorique, il est la racine commune de toute union intellectuelle et érotique ».

Le monde de la fabrication

Le tikkoun s'opère par un travail sur la matière, par une extraction des étincelles de la lumière divine, prisonnière et dispersée dans les réalités naturelles. Louria porte son attention sur les pratiques religieuses (les mitzvot), sur la nourriture et la charité, en particulier. Mais, plus généralement, « tout objet, tout lieu dans l'espace, est porteur d'étincelles lumineuses qui attendent depuis le commencement des temps une libération » remarque Mopsik. « Isaac Louria distinguait partout dans la nature, dans les sources d'eaux vives, les arbres, les oiseaux, des âmes de justes et des étincelles de lumière aspirant à la délivrance, il entendait leur appel et tout son enseignement visait à exposer les moyens de contribuer à l'œuvre rédemptrice universelle». La libération que prône Isaac Louria n'est en rien politique ou nationale, mais concerne toutes les créatures, selon Mopsik. « La libération est loin d'être une tâche d'intellectuels ou d'experts dans les pratiques mystiques. Elle doit être l'œuvre de tous pour advenir, même si la doctrine qui la décrit exige pour être comprise des études approfondies. »

Source : https://fr.wikipedia.org/wiki/Kabbale_lourianique

Kabbale

La Kabbale (de l'hébreu Qabbala « réception », forme anglicisée écrite plutôt Cabbale ou Qabale en français) est une tradition ésotérique du judaïsme, présentée comme la « Loi orale et secrète » donnée par YHWH (Dieu) à Moïse sur le mont Sinaï, en même temps que la « Loi écrite et publique » (la Torah). Elle trouve sa source dans les courants mystiques du judaïsme synagogal antique.

Le Baal Hasoulam (Yehouda Ashlag), kabbaliste du xxe siècle, en donne la définition suivante : « Cette sagesse n'est ni plus ni moins que l'ordre des racines, descendant à la manière d'une cause et de sa conséquence, selon des règles fixes et déterminées, s'unissant au nom d'un but unique et exalté, décrit par le nom « révélation de Sa Divinité à Ses Créatures en ce monde » ». Georges Lahy définit la Kabbale comme « la dimension interne de la Torah, correspondant au sod (la connaissance secrète) des quatre niveaux de l'intérieur de la Torah (connus sous le nom de pardès) » : Peshat, Remez, Drash, Sod.

Selon ses adhérents, la compréhension intime et la maîtrise de la Kabbale rapprochent spirituellement l'homme de Dieu, ce qui confère à l'homme un plus grand discernement sur l'œuvre de la Création par Dieu. Outre des prophéties messianiques, la Kabbale peut ainsi se définir comme un ensemble de spéculations métaphysiques sur Dieu, l'homme et l'univers, prenant racine dans les traditions ésotériques du judaïsme.

Le mot « Kabbale » (Qabalah en hébreu) signifie « réception » au sens le plus général, le terme est parfois interprété comme « tradition ». Le kabbaliste est donc celui qui a reçu (de l'hébreu Qibel) la tradition. Le mot Kabbale ne désigne pas un dogme, mais un courant à l'intérieur du judaïsme et un état d'esprit.

Charles Mopsik rappelle la différence orthographique entre cabale et Kabbale :

« La première graphie a été consacrée en français depuis plusieurs siècles alors que la seconde, importée de l'allemand, a été employée en France dans le but de distinguer la « Cabale » des occultistes et autres mystériosophes douteux de la « Kabbale » de la tradition juive authentique. Cette distinction graphique est devenue inutile depuis que « Kabbale » a été adoptée par les occultistes précités. »

Description générale

Toutes les religions ont un volet mystique ou ésotérique — accès direct à Dieu sans prêtre et/ou sans église constituée — mais la Kabbale utilise une approche par la voie mystique et la voie de la connaissance.

La Kabbale se voudrait être un outil d'aide à la compréhension du monde en ce sens qu'elle inciterait à modifier notre perception du monde (ce que nous appelons « la réalité » malgré la subjectivité de notre perception). Pour ce faire, la Kabbale met à disposition de ses adeptes un diagramme synthétique : l'Arbre de vie ou des Sephiroth, et autres clés de lecture pour de multiples ouvrages, ainsi qu'un foisonnement de concepts (degrés de signification, contraction, etc.).

Elle propose ses réponses aux questions essentielles concernant l'origine de l'univers, le rôle de l'homme et son devenir. Elle se voudrait à la fois un outil de travail sur soi et un moyen d'appréhender d'autres systèmes de pensée.

La Kabbale, en tant que phénomène, est souvent comprise comme la mystique de la merkabah ; ainsi Scholem commence-t-il son énonciation de la Kabbale dans Les Grands Courants de la Mystique Juive par Hénoch et son cycle, par la mystique qui se développe autour de la vision d'Ézéchiel nommée « littérature des Palais » ou hekhalot, la « mystique de la merkabah ». Cette mystique se présente comme accès, en un voyage ascensionnel et intérieur, au cœur même du divin, au jardin de la science du Livre, au Sod, quatrième terme du Pardès. Elle tire son origine du judaïsme synagogal.

Kether, keter

Dans la Kabbale, Kether ou Keter (« la couronne ») est la Sephira la plus élevée de l'arbre de vie. Le sens du mot étant la couronne, Kether est interprétée comme le couronnement des Sephiroth, qui se situe à leur tête et les domine.

D'après le Bahir, « la première Sephira est appelée Kether, la couronne, parce qu'une couronne se porte sur la tête. La couronne fait ainsi référence aux choses qui sont au-delà de ce que l'esprit a la capacité de comprendre. »

Dans les représentations traditionnelles de l'Arbre de vie, Kether trône entre Chokmah (à droite) et Binah (en) (à gauche), au-dessus de Tiferet (en). Trois sentiers en partent, vers Chokmah, Binah, et Tiphereth. Kether ne reçoit les émanations d'aucune Sephira antérieure, mais est directement alimentée par Or Ein Soph, qui est la source ultime de toutes les Sephiroth.

Kether est tellement abstrait qu'il est désigné dans le Zohar comme « la plus cachée des choses cachées ». Sa nature est complètement incompréhensible à l'homme. Il est aussi décrit comme la compassion absolue, et le Rabbi Moshe Cordovero le décrit comme la source des treize attributs de la miséricorde.

Dans les représentations à monde multiple, c'est Kether qui est lié au Malkuth (en) du monde supérieur.

Maggid

Également orthographié magid, est un terme utilisé pour décrire deux concepts distincts, le plus courant définissant une personne concrète et l'autre définissant une entité céleste.

La signification habituelle est celle d'un prédicateur religieux juif traditionnel itinérant, qualifié comme narrateur de la Torah et des récits religieux. Un prédicateur du genre plus érudit était appelé un « darshan » et occupait généralement la position officielle de rabbin. Le titre de « maggid mesharim » (« un prédicateur de droiture ») date probablement du XVIe siècle.

L'autre sens apparaît dans le contexte du mysticisme juif et décrit une entité céleste, le plus souvent un ange, qui se manifeste par une voix qui livre des secrets mystiques à un kabbaliste, ou qui parle parfois par la bouche de ceux qui ont été choisis.

Il y a toujours eu deux classes distinctes de dirigeants en Israël : les érudits et les rabbins et les prédicateurs ou maggid. Le prophète populaire s'appelait parfois « maggid ».

Merkaba

La Merkaba (ou Merkavah) est un terme hébreu qui signifie char ou zodiaque (de la racine R-K-B signifiant chevaucher). C'est un des plus anciens thèmes du mysticisme juif. Il s'agit pour le mystique d'accéder à la contemplation de ce trône céleste.

Le concept de la Merkaba a son origine dans le premier chapitre du Livre d'Ézéchiel. Toute la mystique qui se développa à son sujet est appelée Maassé Merkavah, l'Œuvre du Char. Les praticiens de la Merkavah s'appellent les yordei Merkavah (ceux qui descendent vers la Merkavah), et avancent que l'atteinte des firmaments les plus élevés peut se faire à base de sonorités et de prières lancinantes et répétitives, si nombreuses qu'elles constituent un corpus imposant et respectable.

Les principaux traités traitant de la mystique de la Merkaba datent des Ve et VIe siècles. Ils ont été importés en Europe depuis les centres d'étude de Babylonie via l'Italie et l'Allemagne et ont été conservés dans des manuscrits datant du bas Moyen Âge. La plupart de ces traités portent le nom de livre des Hekhalot (c'est-à-dire livre des Palais) et contiennent la description des Palais et des épreuves que le mystique traverse dans son voyage vers la Merkavah. D'après l'auteur kabbaliste et hébraïsant Georges Lahy, connu sous le pseudonyme de Virya, la Merkaba ou Merkavah serait une pratique pré-kabbalistique qui serait apparue au Ier siècle av. J.-C.

Moïse de Leon et le Zohar

Moïse de Léon et Le Livre de la Splendeur (XIIIe-XVe siècle).

Formé dans les écoles castillanes, Moïse de León (1240-1305) enseigne la Kabbale à Guadalajara, au début des années 1270, quand il songe rassembler le corpus kabbalistique dans un ouvrage monumental. C'est un collecteur, un compilateur, un éditeur, une sorte d'encyclopédiste de la Kabbale.

La production littéraire de Moïse de Léon est abondante. On connaît de lui une quinzaine d'ouvrages, des commentaires sur les raisons des Commandements, sur les sefirot, sur la Merkabah, sur l'âme et sa destinée, sur la liturgie, etc. Mais ses traités ne disposent pas d'assez d'autorité pour remettre en cause le prestige dont bénéficient Aristote et ses commentateurs juifs dans les écoles maïmonidiennes. D'où l'idée d'opposer à la littérature judéo-aristotélicienne, une littérature parée d'un prestige plus grand encore que celui d'Aristote dans les communautés juives, une littérature aussi ancienne, venue de Terre sainte, écrite dans une langue aussi vénérable, et attribuée à l'un des fondateurs du judaïsme rabbinique, Rabbi Shimon bar Yohaï, et à son école. En tous cas, c'est ce que supposent les historiens modernes de la Kabbale, à la suite de Gershom Scholem.

Un ouvrage très volumineux commence à circuler parmi les lettrés juifs au début des années 1280 : le Midrash ha-Néélam, « Le Commentaire caché », puis un autre du même style, tout aussi volumineux, issu de la même école, le Midrash yerouchalmi, « le Commentaire de Jérusalem ». Moïse de Léon et son disciple, Isaac ben Sehoulah, sont les deux premiers kabbalistes à citer ces ouvrages vers 1280 en les attribuant à Shimon bar Yohaï. Toutefois ces ouvrages, par des références aux Croisades par exemple23, laissent percevoir qu'ils ont été écrits à une époque bien plus récente que celle de Shimon bar Yohaï.

Scholem se base sur une analyse stylistique, mais également sur le fait que Moïse de Léon détenait les manuscrits originaux de ces ouvrages, selon le témoignage d'un de ses disciples, pour supposer que Moïse de Léon et son école ont composé ces ouvrages dans les années 1270. Réunis, ils prennent le nom de Sefer Ha Zohar, « Le Livre de la splendeur ». L'œuvre la plus célèbre du corpus kabbalistique.

Une nouvelle étape est franchie dans l'histoire de la Kabbale. Le Zohar gagne de plus en plus d'audience dans les communautés juives d'Espagne. Un changement d'échelle se produit au tournant du XIIIe et du XIVe siècles. La Kabbale devient un phénomène social avec la diffusion du Zohar, selon Mopsik.

Le Zohar se présente comme un commentaire des Écritures saintes, écrit en judéo-araméen à la manière des exégèses rabbiniques de la fin de l'Antiquité, sous forme d'une homélie, d'un dialogue ou d'une discussion entre rabbins. L'ouvrage rassemble la plupart des hypothèses kabbalistiques issues des écoles du XIIe et du XIIIe siècles.

« La Bible est un document chiffré, au sens où ses récits ne sont qu'un voile qui cache un système de pensée et un savoir très précieux portant sur la structure du monde, de l'homme et de Dieu ». Ce postulat se répand parmi les Juifs à partir du XIVe siècle, véhiculé par le Zohar et par ses commentateurs. La Kabbale prend alors une valeur aussi sainte que la Bible et le Talmud.

Le salut de l'individu, le salut de son âme aussi bien que le bien-être de son corps, dépendent du déchiffrage du texte saint, selon le Zohar. Mais, pour Mopsik, le Zohar est moins une « doctrine secrète », qu'une « pensée du secret », où il s'agit d'abord « de voir les choses les plus courantes, les plus habituelles, comme si on les regardait pour la première fois ».

Le Zohar attache une grande importance aux pratiques du judaïsme. Les mitzvot, les rites dictés par les commandements divins, perdent leur signification quand on les accomplit sans éprouver intimement, intellectuellement et corporellement, ce qu'ils recouvrent.

Ce qui se donne pour une évidence, déterminée par les habitudes, voile la vérité qu'elle transmet : toute chose est enveloppée d'un vêtement, d'une kelippah, d'une « coquille », pour le Zohar. Une coquille que l'on prend souvent pour cette chose même et qui à ce titre est le vecteur de toutes les illusions. Il faut briser la coquille, surmonter les illusions qu'elle provoque, pour pénétrer le fruit, l'amande, symbole du secret, pour le Zohar.

Le Zohar a été imprimé à Mantoue en1558.

Durant la vague de persécutions anti-juives qui débute en Espagne en 1391, le Zohar apparaît comme l'arme essentielle de la résistance juive face à la persécution, alors que, pour y échapper, nombre de Juifs proches de la philosophie maïmonidienne choisissent de se convertir à la foi chrétienne.

C'est grâce au Zohar que l'étude de la Kabbale se répand dans les communautés juives allemandes au cours du XIVe siècle, et dans celles d'Italie, d'Afrique du Nord, du Levant et de Perse. Avec l'expulsion des Juifs d'Espagne en 1492, la Kabbale se diffuse bien plus largement et plus profondément encore dans les communautés juives, jusqu'en Europe centrale et au Yémen, véhiculée par les émigrés judéo-espagnols. Leur dispersion va cristalliser de nouvelles écoles kabbalistiques en Occident et en Orient.

Neshamah

Neshama est le nom donné à l'âme humaine dans la Bible, notamment dans la Genèse hébraïque (Berechit) où il est écrit : « L'Éternel-Dieu façonna l'homme, poussière détachée du sol, il fit pénétrer dans ses narines un souffle de vie, et l'homme devint une âme vivante. »

Étymologie : le terme « souffle de vie » correspond au terme original « Nishmat hayim » : « souffle de vies ». Nishmat est l'état construit de neshama (souffle ou âme) et hayim est le pluriel de haya (vie). Dans la version hébraïque, vie est toujours au pluriel, comme panim (les faces, les visages).

Dans la Kabbale hébraïque, cinq niveaux de l'âme sont définis, depuis la plus basse jusqu'à la plus élevée :

Nefesh, qui correspond à l'âme animale, le siège des fonctions physiologiques (respiration, circulation, digestion, excrétion) et également de l'instinct de reproduction.

Ruah, qui correspond à l'âme émotionnelle, le siège des sentiments (amour, haine, joie, colère, envie).

Neshama, qui correspond à l'âme intellectuelle, le siège de l'intelligence et de la raison. Ce niveau est relié directement à la source divine, et contient l'étincelle divine que chacun a reçu lors de sa naissance.

Haya, la vivante, qui correspond à l'âme spirituelle, et relie l'esprit humain à la vie universelle en lui faisant prendre conscience de sa place parmi le Tout formé par la création.

Yehida, le niveau le plus élevé, que seuls quelques très rares prophètes ou initiés peuvent ressentir. Elle permet à l'esprit humain de fusionner avec Dieu, et d'atteindre le domaine de l'essence divine : l'Aïn-Sof, qui est inaccessible aux sens et à l'entendement.

Nigoun

Nigoun (nigounim, « air fredonnant ») est un terme qui sert à se référer aux chants religieux juifs et aux airs qui y sont liés. C'est une forme de musique vocale souvent sans parole quoique des sons tel "bim-bim-bam" ou "Ai-ai-ai!" soient souvent utilisés. Parfois des versets de la Torah ou des passages d'autres textes juifs classiques sont chantés d'une manière répétitive sous forme de nigounim. Il s'agit pour une grande part d'improvisations, bien qu'ils puissent être fondés sur un passage thématique ou que leur forme puisse être stylisée. Certains se présentent sous forme de lamentation tandis que d'autres sont joyeux ou victorieux.

Philon d'Alexandrie

Philosophe néoplatonicien juif hellénisé du premier siècle après J.-C, contemporain des débuts de l'ère chrétienne (Alexandrie, vers -20–vers 45). Son œuvre abondante est principalement théologique, entendait démontrer la parfaite adéquation entre la foi juive et la philosophie grecque. Il a eu une influence importante sur les philosophes de son époque. Ses théories se retrouvent également dans les premiers écrits kabbalistes.

Sepher Yetsira

Le Sefer Yetsirah (« Livre de la Création » ou « de la Formation ») est un livre juif rédigé « entre le IIIe et le VIe siècle, apparemment en Israël ». Attribué au patriarche Abraham, il relate la formation du monde au moyen des lettres de l'alphabet hébraïque et de leurs combinaisons. Unique par sa langue et son caractère, il a donné lieu à une littérature entière de commentaires, rationalistes ou mystiques, et est actuellement considéré comme relevant davantage de la Kabbale.

On en connaît quatre versions, dont la plus achevée est celle du Gaon de Vilna (1800 mots en 6 chapitres), dite version GR'A (*Gaon Rabbénou Eliyahu*). Une version en arabe de Saadia Gaon en 8 chapitres est aussi connue. À ces deux versions s'ajoutent une version longue de 2500 mots et une version courte de 1300 mots. Le meilleur manuscrit, datant du tournant du Xe au XIe siècle, serait conservé au Vatican. On peut penser que c'est l'un des manuscrits originaux dans la mesure où le Séfer Yetsirah ne fut transcrit qu'au XIe siècle.

Origine historique

L'ouvrage (un traité de quelques pages) se présente comme un condensé des découvertes relatives à la création du monde, écrit par Abraham selon la tradition rabbinique, ou par Akiba, selon d'autres sources issues de la même tradition. C'est l'ouvrage le plus ancien, classé traditionnellement dans le corpus de la Kabbale médiévale, commenté au Xe siècle par Saadia Gaon et par Dunash ben Tamim. Mais ni la date, ni la provenance historique, ni l'auteur de l'ouvrage ne sont connus avec certitude.

Par sa forme poétique et visionnaire, le Sefer Yetsirah se rattache à la Littérature des Palais de l'époque talmudique, mais il s'en distingue par sa nature essentiellement cosmologique et spéculative. Il délivre, d'une manière concise et suggestive, les concepts majeurs sur lesquels repose la Kabbale médiévale — notamment, les dix sefirot : les « dix nombres abîme » (esser sefirot belimah) assimilables aux dix extensions ou « mesures infinies » d'un principe central, unique et inconnu ; les dix dimensions de l'univers dans lequel Dieu s'est étendu : le haut, le bas, le sud, le nord, l'est, l'ouest, le début, la fin, le bien, le mal.

Charles Mopsik remarque que, pour l'auteur de l'ouvrage, les sefirot correspondent, « aux dix doigts des mains ou des pieds », au centre desquels se situe le corps de l'homme, de sorte que se crée, selon Mopsik, comme « un croisement entre une « physique » du divin et une « métaphysique » de l'humain.

Sephirot

« Dans la Kabbale, le mot séphira (pluriel séphirot) désigne une émanation du divin et suggère l'idée qu'une chose est engendrée par autre chose en respectant un certain ordre depuis le ain sof (la lumière in-finie origine de toute vie jusqu'à la séphira malkhout, notre monde historique. Les séphirot sont donc, dans l'ordre d'involution: kéther, hokhma, binah, hessed, guévoura, tiféreth, nétsah, hod, yésod et malkhout. Cet ordre est dit «d'involution» car il est celui dans lequel l'univers a été créé. L'ordre inverse, ou ordre d'évolution, est celui qu'on doit prendre afin de pouvoir renouer avec l'origine, l'étincelle de vie divine. Dans la Kabbale, chacune des séphirot contient une parcelle de toutes les autres situées « en Amont » et l'énergie nécessaire pour engendrer celles qui se trouvent « en aval ».

Les grands courants de la mystique juive,
Guershom Scholem (Payot)

Shekhina (ou Chékhina)

Est un mot féminin hébraïque signifiant, la demeure, la Présence divine, utilisé pour désigner la présence de Dieu parmi son peuple, le peuple d'Israël ou l'immanence divine dans le monde. Particulièrement dans le Temple de Jérusalem.

Les images associées à la Shekhina sont la lumière, la Gloire divine, la manifestation de Dieu. Son équivalent araméen est employé dans le targum pour atténuer les expressions anthropomorphiques incompatibles avec la transcendance de Dieu.

Dans la théologie et la philosophie médiévales, la Shekhina est regardée comme la première entité créée — la lumière créée ou la Gloire créée —, intermédiaire entre Dieu et l'homme. C'est elle qui apparaît aussi aux prophètes dans la vision prophétique. Le thème de la Shekhina a pris un développement considérable dans la Kabbale. En tant que dixième et dernière sefira, elle représente le principe féminin, réceptif et passif, du monde divin. Comme la Lune, elle n'a pas de lumière propre, mais la reçoit des sefirot supérieures par l'épanchement du flux, et elle reflète la nature ou la « couleur » de la lumière reçue. Elle est aussi l'épouse ; et son union avec la sixième sefira, Tif'eret ou l'Époux, est la condition de l'harmonie du monde divin, dont celle du monde d'en bas n'est qu'un reflet.

Préposée au gouvernement des mondes inférieurs, elle transmet aux niveaux extradivins l'influx séfirotique qu'elle reçoit. Dans son rôle d'intermédiaire, elle est encore regardée comme l'hypostase de l'assemblée d'Israël. Les actes pieux des israélites ou, au contraire, leurs péchés se reflètent sur la Shekhina et sur sa position dans le monde divin. Ainsi, le péché d'Adam a eu comme conséquence l'exil de la Shekhina, thème développé surtout dans la Kabbale d'Isaac Luria. La Shekhina est encore la première étape de l'itinéraire des mystiques dans l'ascension contemplative du monde divin.

Gabrielle SED-RAJNA, « SHEKINA, mystique juive », Encyclopædia Universalis
http://www.universalis.fr/encyclopedie/shekina-mystique-juive/

Tsérouf

Le Tserouf (combinaison en hébreu) est une des trois méthodes d'interprétation de la Kabbale développée par Abraham Aboulafia.

Elle consiste à associer ou permuter des lettres hébraïques pour révéler d'autres sens cachés d'un mot ou d'une locution.

Avant Aboulafia, cette technique n'était qu'une méthode d'investigation des secrets de la Loi. Avec Aboulafia, les trois procédés de guematria, notariqon et de temourah prennent place dans un large système de méditation dirigée où l'objet n'en est plus seulement la Torah mais l'écriture tout court. Aboulafia distingue : la prononciation (MIVTA), l'écriture (MICHTAV) et la pensée (MACHNA). Et au niveau de l'écriture même il ne s'arrête pas à l'étude des combinaisons des lettres mais il va plus loin en analysant et utilisant aussi la forme des lettres.

Pour Aboulafia, le TSEROUF est un moyen, une méthode et non pas l'essentiel du travail mystique. Pour lui, le TSEROUF est une méthode de libération de l'âme captive des chaînes de la matière. Loin d'être un simple jeu, une simple jonglerie des lettres, des chiffres et des mots, le TSEROUF est une technique progressive permettant au disciple de libérer son âme dans une extase provoquée. Ainsi, Aboulafia compare le TSEROUF à une composition musicale. Dans son ouvrage « GAN NAHOUL »

(Le Jardin Fermé), il nous explique ce parallèle : « Sachez que la méthode du Tserouf peut être comparée à la musique ; car l'oreille entend des sons de combinaisons diverses, en accord avec le caractère de la mélodie et de l'instrument. Ainsi, deux instruments différents, le luth et la harpe, leurs sons se combinent et l'oreille perçoit leurs variations et leurs harmonies et en éprouve de ce fait une sensation identique à celle des *langueurs de l'amour.* »

Yesod

« Fondement ». C'est la neuvième des dix sephirot. Yesod est aussi dénommé le juste, elle est le fondement du monde terrestre. Elle représente la force procréatrice de l'univers et est associée au nom sacré de Dieu. Les actes basés sur la justice sollicite Yesod et favorise l'union de la Shekhina (expression féminine du divin) avec la Tifferet (sefira de la beauté) et cette union cosmique symbolise le mariage entre homme et femme, qui finalement donne lumière à l'âme humaine. De là l'origine du concept de l'union conjugale du shabbat, considérée comme la meilleure célébration et métaphore de l'union cosmique de la Shekhina avec Tifferet.

Kavanah, Kavvanah, kavana : pluriel kavanot ou kavanos, signifie littéralement « intention » ou «sentiment sincère, direction du cœur». Il est souvent décrit comme l'état d'esprit nécessaire pour les rituels juifs et les prières. Kavanah est un concept théologique dans le judaïsme concernant l'état d'esprit et le cœur d'un adorateur, sa sincérité, son dévouement et son absorption émotionnelle pendant les prières. Dans le mysticisme juif ésotérique (Kabbalah), Kavvanah fait référence à la pratique où le dévot se concentre sur les significations secrètes des lettres de prière et des mots, faisant parfois référence aux permutations du nom divin. Certains kavanot sont particuliers à la tradition de la Kabbale pendant la méditation.

Parus chez maelstrÖm reEvolution

Poésie

La poésie est un acte. La meilleure poésie c'est notre vie.
Désoccultez votre poésie.

René Daumal *Poème à Dieu et à l'Homme* · Anne Waldman *Harmonies Jaguar / Jaguar Harmonics* (livre/CD) · Tom Buron *Nadirs* · Collectif L-SLAM *On ne s'excuse de rien !* · Dominique Massaut *Débordements* (livre/CD) · Pascal Leclercq *Analyse de la menace* · Laurence Vielle *Domo de Poezia* (livre/CD) · Gioia Kayaga *Tram 25* (livre/CD) · Léo Beeckman *Poèmes quantiques* · Otto Ganz *Du fond d'un puits* · Daniel De Bruycker *9 Neuvaines 4 à 6* · Cee Jay *Le prophète du néant* · Rolf Doppenberg *Sel de nos veines* . Sohrab Sepehri *Histoire de lune d'eau et de vent* · Benjamin Pottel *J'infiniments nous* · David Giannoni *La foi la connaissance et le souvenir* · Michel Bulteau *Fantômes et vivants* · Antonio Bertoli *Astres et Désastres/Astri e Disastri* (livre/DVD) · Jack Hirschmann *L'Arcane du Viêt-Nam* · Amir Or *Dédale* · Laurence Vielle *OUF* (livre/CD) · Kenny Ozier-Lafontaine *Billes* · Daniel De Bruycker *9 Neuvaines 1 à 3* · Lawrence Ferlinghetti *Poésie Art de l'Insurrection* · Lawrence Ferlinghetti *A Coney Island of The Mind* · Lawrence Ferlinghetti *Blind Poet (Poète aveugle)* · Alejandro Jodorowsky *Solo de Amor* · Alejandro Jodorowsky *Les pierres du chemin* · Alejandro Jodorowsky *De ce dont on ne peut parler* · Serge Pey *Droit de Voirie* · Serge Pey *Appel aux Survenants* · Antonio Bertoli *Territoires du Cœur* · Gaston Compère *Lux Mea* (livre/CD) · Fernando Arrabal *La pierre de la Folie* · Anne Waldman *Fast speaking woman* · Dwayne Morgan *Le Making Of d'un Homme* · Martin Bakero *ViceVersa* · Marianne Costa *Pin-Up Chrysalide* · Werner Lambersy & Otto Ganz *Ecce Homo* · André Beem *La Traversée d'Ici* · Daniel De Bruycker *Jātaka de l'Arbre*

Romans & Nouvelles

Evrahim Baran *Le Syndicaliste, le Soufi et moi* . Sophie Favennec-Buyse *Amour et Kabbale* . Jean Claude Bologne *L'âme du corbeau blanc* . Otto Ganz *Les Vigilantes* . Rose-Marie François *La Belle enceinte* . Patrick Lowie *Le rêve de l'échelle* . Luc Baba *Chroniques d'une échappée belle* . Carmelo Virone *Battre les cartes* . Gilles Farcet *La joie qui avance chancelante le long de la rue* . Chantal Deltenre *La Forêt-Mémoire* . Krzysztof Styczynski *Rien d'Officiel* suivi de *Ç* . Serge Delaive *Nocéan* . Gustave Flaubert *Madame Bovary*, adaptation théâtrale de Paul Emond . Nicolas Ancion *Invisibles et remuants* . Rose-Marie François *Course lente avant l'aurore* . Kenan Görgün *Delia on my mind* . Gérard Mans *Poche de noir* . Martin Ryelandt *Le Cavalier* . Ben Arès *Tromba, une transe* . Serge Noël *Aux premières heures d'un jour nouveau* . Isabelle Wéry *Marilyn désossée* . Paul Emond *Les vingt-quatre Victoires d'étape du peintre Belgritte* . Paul Emond *Tristan et Yseut* . Evrahim Baran *Pressé Immobile* . Evrahim Baran *La septième ville* . Evrahim Baran *De ce côté du Mur* . Gaston Compère *Au plus blanc de la nuit* . Vladimír Mináč *Le Producteur de bonheur* . Chantal Deltenre *La Maison de l'Âme* . Chantal Deltenre *La Cérémonie des poupées* . Chantal Deltenre *La Plus que mère*. Corentin Jacobs *Compte à rebours contre l'Occident* . Éric Dejaeger *Le Seigneur des Ânes* . Gaetan Saint-Remy & Mathieu Pierloot,*Charly Solo* . Renaud Coppens *La Ligue Hollywood* . Damien Spleeters *Tout ça c'est dans ta tête* . Damien Spleeters *Transere* . Patrick Roegiers *Le Journal d'Aurore* . Sophie Buyse *L'Organiste* . Sophie Buyse *Confidences de l'Olivier* . Sophie Buyse *Autopsy* . Olivier Dombret *Journal d'un jeune branleur* . Anne Guilbault *La Cour* . Otto Ganz & Anne Guilbault *On vit drôle* . Denys-Louis Colaux & Otto Ganz *L'Arbre d'Apollon* . Denys-Louis Colaux *Je Hais les poètes (vivants) !* . Collectif *Descentes dans le Maelström* . André Beem *Asymptote/Quatre positions du dormeur* . Guy Montens *H.V.T. Hysterical Visionary Tour*

Livres graphiques et hors collection

Collectif *zOOdiac* . Chantal Deltenre *Écrire en marchant* . Marianne Costa & Vince Larue *Filles seules*, BD . Kenny Ozier-Lafontaine & Vincent Lefèbvre *bulles* stripoétique . Marcheurs des Temps présents *Pays dans un pays*, récits . David Giannoni & Daniele Bacci *La Face cachée de la Ville*, L'intégrale BD . Collectif *L'Arcane de la Force* . Jean-Luc Lupieri *L'art d'action à l'ombre de Diogène*, Essai . Collectif MANIFESTEMENT *Chronique du Rattachement de la Belgique au Congo* . Collectif MANIFESTEMENT *Dégagisme du Manifeste* . Collectif MANIFESTEMENT *Manifeste du Dégagisme* . Aliette Griz, Anne Versailles & Julien Le Gallo *Neuf.0* . Luvan *Le Chevalier rouge*, illustré par Ambre . Thierry Van Roy *Sibérie noire* . Paul Emond *Les Aventures de Mordicus* mises en images par Maja Polackova . David Giannoni *Contes de Nod* mis en images par Sylvie Leroy . Soline de Laveleye *Les phrases de la mâcheuse* contes mis en images par Dominique Maes . Martine Cornil *Bords de Mondes* (avec textes de 29 auteurs) . Damien Spleeters *West We Go* . Philippe Remy-Wilkin *Le Livre de Mahomet*, illustré par Nikolas List . Philippe Remy-Wilkin *L'Épopée de Gilgamesh*, illustré par Nikolas List . O. Ganz & C. Amatheü *La Toute fine ombre des fleurs* . Nele Paxinou *Ne laissez pas mourir vos rêves* . Nikolas List *La Vallée des Rois* . Collectif *Devoir de Mémoire*

Ainsi que de nombreux *Booklegs*
(livrets à 3€ – poésie théâtre contes) et livres de poche

Imprimé dans la dignité sur les presses de la
Maison de la Poésie d'Amay (Belgique) pour l'intérieur et la finition
et chez Vervinckt (Liège, Belgique) pour les couvertures